WOOW BOOKS

Ferien wie blubbernder Eistee

Mit Illustrationen von Friederike Ablang

WooW Books

Außerdem bei WooW Books erschienen:
Ein Sommer wie sprudelnde Limonade (Band 1)
Ein Winter wie dampfender Kakao (Band 2)

FSC
www.fsc.org
MIX
Papier | Fördert gute Waldnutzung
FSC® C014496

Originalausgabe
1. Auflage 2024

Cover und Illustrationen im Innenteil ©: Friederike Ablang
Lektorat: Marion Hertle
Satz und Layout: Pinkuin Satz und Datentechnik, Berlin
Druck und Bindung: GGP Media GmbH, Pößneck
ISBN 978-3-03967-034-5
www.woow-books.de

Folgt uns auf Instagram unter
@woowbooks_verlag

Für meine vier
Griechenland-Fans

Die Hühner sind los

»Eins, Zwei, Drei, Fünf! Stehenbleiben, ihr frechen Hühner!«, rufe ich außer Atem. Das Huhn mit dem Namen Vier habe ich gerade erwischt und hinter den Zaun gesetzt. Mein Freund Jannis stürmt durch den Garten, als wäre er selbst ein aufgescheuchter, flatternder Vogel. »Pass auf, dass du nicht ins Wasser fällst!«, rufe ich ihm kichernd hinterher. Wir sind im Garten meines Opas, wo hinten am Kanal am brüchigen Steg sein altes rotes Tretboot friedlich auf den Miniwellen schaukelt. Eins der Hühner wagt sich gefährlich nah ans Wasser heran, und Jannis schiebt sich gerade durchs Gebüsch. Hier zwischen Gartenhäuschen und Kanal, an Opa Peters geliebter Schmetterlingswiese, wohnen die Tiere.

Jannis taucht zwischen den Blättern des Rhododendronbuschs wieder auf, in seinen strubbeligen braunen Haaren hängen ein paar kleine Zweige und Blätter. Er hat das Huhn erwischt, es ist Fünf. Er hält Fünf auf dem Arm mit einer Hand umklammert, mit der anderen streichelt er das Gefieder. Als Jannis näher kommt, höre ich, dass er leise Griechisch mit der Ausreißerin spricht. »Die sind vollkommen hochgedreht«, ruft er mir außer Puste zu. Weil Jannis erst seit dem letzten Sommer hier in Deutschland ist, vertauscht er manchmal Worte und Redewendungen. Mit einem eleganten Sprung flattert Fünf von Jannis' Arm herunter und landet neben Vier im Gras. Jetzt stehen wir schon mit zwei Hühnern da.

Ich knuffe Jannis in die Seite und pflücke ihm ein Blatt aus den Haaren: »Eigentlich heißt es aufgedreht.«

Jannis schüttelt ernst den Kopf. »Nein, das macht keinen Sinn, Luzy. Sie touren ja *hoch* wie ein zu schnelles Auto.« Dann grinst er. »Denk mal drüber nach!« Dann laufen wir beide wieder aus dem Gehege heraus, um auch noch Eins, Zwei und Drei zu kriegen.

Als alle Hühner wieder da sind, wo sie sein sollen, lassen wir uns erschöpft auf die Gartenstühle plumpsen, das Einzige, was mein Opa in diesem Jahr aus dem Schuppen geholt hat. Normalerweise ist ihm sein »Frühjahrsputz« sehr wichtig, aber dafür war keine Zeit. Ich fühle einen Kloß im Hals. »Es ist komisch leer hier … ich glaube, ich war noch nie ohne ihn in Opa-Hausen. Und Tzatziki vermisse ich auch«, sage ich leise.

Jannis nickt. »Wenn der Esel hier wäre, wären die Hühner nie im Leben abgehauen. Außerdem finde ich es jammerschade, dass heute keiner Limonade und Butterkuchen für uns hat.«

Grübelnd gucken wir vor uns hin. »Warum haben sie sich nur nicht gemeldet?«, frage ich. »Den ganzen Tag lang nicht, dabei habe ich es immer wieder bei ihnen versucht.« In dem Moment höre ich es in der Tasche meiner dünnen Frühlingsjacke, die über dem Stuhl hängt, brummen. Ich gucke aufs Display. »Das sind sie!« Ich habe das alte Handy von meinem Bruder Hannes für die Ferien bekommen. Ich nehme den Anruf an. »Hallo? Opa Peter! Wo seid ihr? Wie kommt ihr mit dem Transporter voran?«

»Luzylein!«, höre ich die vertraute Stimme. Und dann quasselt er wie ein Wasserfall los. Jannis neben mir spitzt interessiert die Ohren. »Luzy, wir sind schon in Nordgriechenland. Gestern war der Wunderapparat hier kaputt, denn … was sagst du, Dimitri?« Er macht eine Pause. »Ah, verstehe, der Apparat war nicht kaputt, sondern nur leer. Dimitri hatte das Ladekabel verschusselt. Da lob ich mir doch die gute alte Telefonzelle, aber finde mal eine, die funktionstüchtig ist! Auf jeden Fall läuft das Gerät nun wieder, und uns geht es bestens. Wir trinken gerade einen schönen Mocca-Kaffee an der Raststätte. Ich sage dir: Die mögen's stark hier, klein, aber oho …« Er macht eine Pause, ich höre es schlürfen. »Tzatziki ist heute ein bisschen ruhig. Ihm hat wohl die kurvige Strecke durch die Berge zu schaffen gemacht. Aber er hat es gut da hinten in seiner Miefhöhle im Wagen, und … er ist natürlich froh, bei mir zu sein! Stimmt's, Tzatziki? Du willst immer beim Opa sein.« Ich höre Tzatziki leise schnauben und spüre eine Gänsehaut, weil ich so froh bin, ihn zu hören.

»Aber sag mal, wie geht es euch da im Norden? Ist alles in Ordnung in Opa-Hausen?«

»Ja, uns geht's gut«, sage ich. »Jannis und ich waren gerade bei den Hühnern.«

»Oh, wunderbar, grüß sie schön! Ich vermisse euch alle.« Opa macht eine kurze Pause. »Aber wir drei kommen sehr gut klar. In unseren Pausen tobt Dimitri mit Tzatziki auf irgendwelchen Wiesen herum. Und weißt du, was uns passiert ist? Wir haben uns gestern an der Raststätte Pommes frites und Fanta gekauft … auf der Flasche war ein Rubbellos – und dein Opa hat doch tatsächlich eine Badehose mit surfenden Ketchupflaschen gewonnen!« Ich höre Dimitri im Hintergrund kichern und etwas sagen. Dann lachen sie beide. Mein Opa erklärt gut gelaunt: »Ich habe die Badehose meinem Kumpel Dimitri vermacht!« Ich kann mir die tausend Lachfältchen auf Opas Gesicht vorstellen.

»Na, ihr scheint es ja wirklich lustig zu haben.« Ich muss mit ihm lachen.

In verschwörerischem Ton sagt er dann leiser: »Luzy, Dimitri ist wie ausgewechselt – je weiter wir Richtung Süden kommen, umso mehr quasselt er. Er rattert die deutschen Dichter und Philosophen nur so runter, die er alle gelesen hat. Gerade hat er mir ausführlich von Goethes und Schillers Freundschaft erzählt …«

Dimitri ist Jannis' Onkel. Ihm gehört der kleinen Tante-Emma-Laden hier um die Ecke, wo man einkauft, wenn man bei meinem Opa zu Besuch ist. Jahrelang kannte ich ihn nur als den schweigsamen, freundlichen Mann, der mir immer einen

Lolli geschenkt hat. Als Jannis und seine Brüder im letzten Jahr nach Deutschland gekommen sind, hat Dimitri dafür gesorgt, dass sie in der Wohnung seiner Schwester, auch genannt Tante Elena, unterkommen konnten. Aber die Unterkunft für Tzatziki, die habe *ich* organisiert: Nach einer gewagten Aktion von Jannis und mir und einem sprudeligen Abenteuer durfte der Esel am Ende bei meinem Opa ins Gartenhaus einziehen.

»Luzy! Wir müssen weiterfahren«, reißt mich Opas Stimme aus den Gedanken. »Wir sehen uns morgen in Athen! Und dann strecken wir die Nase fast zwei Wochen lang in die griechische Sonne.«

»Ja! Bis morgen in Athen«, wiederhole ich mit Kribbeln im Bauch.

»Tschüssi, Luzy. Passt au–« Dann tutet das Telefon.

»Ich werde es nie lernen, mit diesem neumodischen Gerät umzugehen! Da lob ich mir doch mein Telefon mit Ringelschnur«, mache ich Opa Peters tiefen Tonfall nach und stecke das Handy wieder ein.

»Haha, genau so …«, stimmt mir Jannis zu. Dann gucke ich auf die Uhr. »Oh, ich muss nach Hause. Heute ist *Magic Sunday*!«

Jannis sieht mich stirnrunzelnd an. »Aber heute ist Freitag, Luzy.«

»Jaja, das stimmt, aber weil wir ja morgen fliegen, haben wir unseren Familientag, an dem wir Pizza essen und Filme gucken, vorverlegt.« Ich springe auf. »Hast du schon gepackt?«

Jannis sieht stolz aus. »Alles bis auf Schlafanzug und Zahnbürste!« Wir laufen noch ein letztes Mal in den hinteren Teil des Gartens zurück, um sicherzugehen, dass die Tür zum Gartenhaus auch richtig zu ist, damit die Hühner nicht noch einmal ausbüxen. »Tschüss, Hühner Eins bis Fünf. Ab Morgen bringt Elena euch Futter!«, ruft Jannis.

Ich ziehe ihn am Arm. »Wir müssen wirklich los!«, und dann rennen wir zusammen quer über den Rasen zu unseren Rädern. Jannis stopft sich seine Jacke in den Rucksack und setzt ihn auf den Rücken. Heute ist so ein typischer Frühlingstag: Morgens ist es noch richtig kalt, aber später in der Sonne wird es dann so warm, dass man am liebsten im T-Shirt ist. Als Jannis sich auf sein etwas zu großes Rennrad schwingt, sieht er mich aus seinen dunklen Augen ernst an. »Luzy, morgen wird ein bedeutsamer Tag. Du lernst meine Heimat *und* meine Eltern kennen.«

Jannis hat in Griechenland Deutsch mit den Märchenbüchern seiner Oma aus Hannover gelernt, das klingt manchmal nicht nur bei den Redewendungen witzig. Ich nicke, und er lächelt mich an. Weil es dabei in meinem Bauch wie glitzerndes Quellwasser blubbert und tausend Singvögel gleichzeitig in mir drin zwitschern, gucke ich lieber schnell in die andere Richtung. Dabei merke ich, wie mein Mund sich zu einem überdimensionalen Lächeln verzieht.

Letzte Pizza vorm Moussaka

Gerade sind wir den holprigen Steinweg zum Gartentor heruntergefahren, da zucke ich zusammen, weil die Alarmanlage von Opa-Hausen losgeht: Das Gartentor quietscht sehr laut, und Jakob kommt pfeifend hindurchspaziert: »Ups, bin ich zu spät?«, begrüßt er uns.

»Wenn du mit Hühner einfangen wolltest, ja. Wenn du uns Tschüss sagen wolltest, nein«, sage ich und bremse, genau wie Jannis, mit Schwung ab. Vor uns steht Jakob im Fußballtrikot. Jakob ist mein ältester Schulfreund – oder besser gesagt Kindergartenfreund. Und nun ist er auch Jannis' Freund. Die Sonne der letzten Tage hat Jakob schon wieder ein paar mehr Sommersprossen ins Gesicht gemalt. Seine hellblonden Haare sehen verschwitzt und zerzaust aus. Er zieht eine Schnute. »Tut mir leid, das Training ging mal wieder länger. Gleich kommt übrigens auch noch …« In derselben Sekunde taucht hinter ihm am Gartentor ein fröhliches Gesicht und ein dicker roter Zopf auf. »Hi!«, ruft meine Klassenkameradin und Freundin Flo. »Jakob und ich wollten Eis essen gehen, kommt ihr mit?«

»Ein Date im Eiscafé?«, sagt Jannis mit hochgezogenen Augenbrauen.

Ich trete verlegen von einem Fuß auf den anderen. Im letzten Winter hatten Jannis und ich hier so eine Art Date. Wir hatten uns gestritten, als Tzatziki zurück nach Griechenland sollte und ich der Meinung war, Jannis müsste sich dagegen wehren. Beim Schokoeis haben wir uns dann wieder vertragen. Ich wechsle lieber das Thema: »In der Eisdiele war ich immer mit meiner Oma Käthe. Also … ähem … was ich eigentlich fragen wollte: Was machst denn du jetzt in den Ferien, Flo?«

Flos Mundwinkel wandern nach unten. »Na ja, erst wollten wir alle nach Mallorca mit meinen Stiefgeschwistern, aber nun muss mein Stiefpapa arbeiten, außerdem will meine kleine Schwester Kimmi sowieso lieber Feriencamp machen, und jetzt fahren wir nur ein paar Tage an die Nordsee … ich sag's euch, eine Patchworkfamilie ist kein Zuckerschlecken.«

»Aber du könntest doch zum Beispiel gleich Montag nach meinem Fußballcamp mit mir ins Freibad gehen!«, schlägt Jakob vor, ein riesiges Strahlen auf dem sommersprossigen Gesicht.

»Cool«, sagt Flo, irgendwie schüchtern. »Gerne.«

»Na, das klingt doch nicht so übel«, sage ich. »Die Ferien werden sicher besser, als du denkst.« Ich klopfe Flo aufmunternd auf den Rücken. Dann gucke ich auf die Uhr. »Ups! Sorry, jetzt haben wir uns nur so kurz gesehen, aber ich muss leider echt los, Koffer packen!« Ich winke Jakob zu und nehme Flo in den Arm. Zu Jannis sage ich voller Vorfreude: »Bis morgen«, dann düse ich davon.

»Sind die echt alle leer? Habt ihr das alles verkauft?« Erstaunt betrachte ich den Stapel Klappkisten, den meine große Schwester Sophia durchs Treppenhaus trägt. Vor uns geht Adonis, Jannis' drei Jahre älterer Bruder und – seit Kurzem – Sophias Freund. Obwohl Adonis den ganzen Nachmittag mit Sophia auf dem Flohmarkt gestanden hat, liegen seine schwarzen Haare perfekt gegelt am Kopf an. Sophia deutet in seine Richtung: »Dieser Typ ist der Hammer. Adonis kann den Leuten einfach alles verkaufen …«

Adonis dreht sich zu mir um. »Den alten Föhn von deiner Mutter bin ich für zehn Euro losgeworden, Luzy. Dabei habe ich sogar gesagt, dass er nicht mehr geht, aber die Frau fand ihn so *retro*, dass sie ihn unbedingt haben wollte. Und deine roten Winterstiefel für 'n Fünfer …«

»Meine Luzy!«, höre ich eine Stimme von unten. Hinter Papa fällt die schwere Tür zum Treppenhaus ins Schloss. Mit der Arbeitstasche unter dem Arm läuft er ein paar Schritte auf mich zu. Er stellt die Tasche auf dem Boden ab und nimmt mich von einer Treppenstufe weiter unten fest in den Arm, sodass wir gleich groß sind. »Ich habe die beiden von ihrem Verkaufsstand abgeholt.« Er zwinkert mir zu. »Und, alles gepackt für die große Reise, meine Abenteurerin? Schon aufgeregt?« Er streicht mir eine lockige, kastanienbraune Strähne aus dem Gesicht und sieht mir in die Augen. »Ich werde meine Kinder ganz schön vermissen! Mama hat Piet vorhin schon zu Oma gebracht, ab morgen sind wir dann wirklich allein …«

»Aber dann könnt ihr doch endlich mal richtig arbeiten!«, schlage ich vor. Mein kleiner Bruder Piet ist noch im Kindergarten. Weil der Kindergarten in den Ferien auch zu ist, verbringt er die Zeit bei Papas Mutter, was er großartig findet. Zufälligerweise wohnt im Nachbarhaus auch noch sein Kumpel Karl. Also eine absolute Win-win-Situation für alle.

Papa seufzt. »Na ja, wenn es nach deiner Mutter ginge, würden wir wahrscheinlich wirklich von früh bis spät arbeiten, aber da habe ich auch noch ein Wörtchen mitzureden. Morgen Abend treffen wir erst mal Hannes und Marbelle.« Seit mein Bruder mit Marbelle zusammen ist, ist er noch seltener bei uns zu Hause, was ich richtig doof finde. Es reichte ja schon, dass er in einer Studenten-WG wohnt, aber jetzt ist er nicht mal mehr in den Semesterferien bei uns! Hannes ist eher ruhig, wie ich. Seine Uhren ticken langsamer, wie Opas und meine. Und anders als die von Mama …

»Luzy! Da bist du ja! Ich habe mich schon gefragt, wo du steckst, du musst doch noch packen! Ich habe euch alle wichtigen Dokumente rausgelegt: Pass, Ticket, Telefonnummern …«, ruft Mama hektisch von der Wohnungstür aus, aber dann nimmt sie mich doch noch einmal richtig in den Arm.

»Sophia hat sicher auch noch nicht gepackt«, murmle ich in den Stoff ihrer Bluse, und wir wissen beide, dass das nicht stimmt. Ich atme einmal tief den typischen Mamageruch ein, den ich ab morgen vermissen werde. Aber weil ich beweisen will, dass ich top organisiert bin, löse ich mich aus der Umarmung und ziehe kurz darauf scheppernd den Koffer aus dem Flurschrank und verschwinde damit in meinem Zimmer. Was braucht man schon groß für einen Urlaub auf einer griechischen Insel? Shorts, T-Shirts, ein paar Kleider, Badeanzug … in null Komma nichts bin ich fertig.

Heute machen wir Pizza selbst. »Pizza statt Moussaka«, hatte Mama gesagt und erklärt, dass Moussaka ein griechischer Hackauflauf ist, den wir garantiert auf der Insel kennenlernen werden. In der Küche wartet der Teig in der zugedeckten Rührschüssel. Ich nasche ein Stückchen Paprika, die Mama bereits kleingeschnitten hat, genau wie Zucchini und Pilze. In einer Schale liegen Oliven und Mozzarella in Scheiben. Ich rufe in den Flur: »Also *ich* bin längst fertig! Wo seid ihr denn alle?«

Erst kommt Mama, dann Papa, und dann folgen Sophia und Adonis in die Küche. Adonis hat einen Arm um Sophia gelegt. Etwas ungewohnt finde ich es schon noch, dass sie jetzt zusammen sind, aber ich mag Adonis, er ist immer gut gelaunt und witzig. Zu meinen Eltern sagt er: »Es kann gut sein, dass wir in den nächsten Tagen schlecht zu erreichen sind. Bei uns auf der Insel gibt es an vielen Orten kein WLAN. Aber im Notfall geht immer Festnetz.«

»Das wird Opa Peter gefallen«, sage ich. »Ich hoffe, euer Telefon hat eine Wählscheibe und steht auf einem Höckerchen.«

»Aber sicher doch«, meint Adonis.

Mama fragt: »Und eure Eltern kommen nach der Reise wirklich nach Deutschland, um dann mit euch hier zu wohnen, Adonis?«

Jetzt strahlt sein Gesicht wie die Frühlingssonne am Himmel. »Genau! Dann sind wir endlich wieder zusammen! Alle, außer Nikos …«

Nikos ist der älteste Bruder von Jannis. Weil er im letzten Winter hier in Deutschland schreckliches Heimweh hatte, ist er kurz vor Weihnachten zurück nach Griechenland gegangen. Und auch, weil er seine Freundin Helena so vermisst hat. Adonis erklärt: »Es ist ja ganz okay bei Tante Elena in der Wohnung, aber manchmal …« Er verzieht das Gesicht.

Sophia kichert. »Aber sie meint es immer gut!«

»Ich mag Tante Elena«, sage ich leise. Im letzten Winter hat sie öfter *ein bisschen*, aber nie komplett die Nerven verloren. Es war alles aber auch *ein bisschen* viel: Tzatziki hatte plötzlich nichts mehr gefressen, Nikos war wochenlang krank, sodass Jannis für ihn bei der Arbeit einspringen musste und nicht mehr zu Schule gehen konnte. Und dann wurde in Elenas Lager auch noch etwas geklaut! Im Hof, hinter Dimitris Laden, hat Elena einen großen Raum angemietet, wo Olivenöl, Dosentomaten, Nüsse, jede Menge griechisches Gebäck lagert. Sie betreibt hier in Deutschland einen Importhandel mit Lebensmitteln, die Jannis' Eltern in Griechenland anbauen oder herstellen. Vieles davon wiederum verkauft Dimitri in seinem Laden.

»Es wird wirklich Zeit, dass meine Eltern herziehen und wir wieder alle zusammen sind. Das wollten sie eigentlich schon letztes Jahr, aber dann kam am Ende etwas dazwischen, das wisst ihr ja«, redet Adonis weiter. »Dann guckt er auf die Küchenuhr. »Ich muss los.« Er schüttelt Mama und Papa höflich die Hand, gibt Sophia einen schnellen Kuss auf die Wange, zwinkert mir zu und ist aus der Tür.

»Woher hast du das Armband?«, frage ich Sophia, als ich meinen Fingerring ablege, um den Teig zu kneten. Sophia hat ein silbernes, dünnes Armband abgestreift. Zu meinem Erstaunen wird sie rot. »Das hat Adonis mir geschenkt!«

»Der Charmeur ...«, meint Papa kopfschüttelnd. »Ich dachte, ihr habt für den Flug nach Griechenland gespart!«

»Das haben wir ja auch! Aber dank Adonis' Verkaufstalent hatten wir unseren Anteil für den Flug schon letzten Samstag fast zusammen. Wie läuft's bei euch?«, fragt mich Sophia.

Ich versuche, im Kopf zu überschlagen, was Jannis und ich in den letzten Wochen mit unseren Botengängen für Dimitris Laden verdient haben. Tzatziki hat uns dabei buchstäblich als Lastesel geholfen. Und wir haben bei Elena im Lager Lebensmittel eingeräumt und etikettiert. »Neulich haben wir noch Waffeln bei Jakobs Fußballspiel verkauft … wir haben jetzt auch so gut wie alles zusammen.«

Meine Schwester und ich hatten mit Papa und Mama ausgemacht, dass wir etwas für die Flüge dazuverdienen, und das hat dann tatsächlich richtig Spaß gemacht. Weil unsere Frühlingsferien so kurz sind, konnten wir nicht mit meinem Opa und Dimitri mit im Transporter fahren, sondern fliegen zu viert alleine nach Griechenland, ohne Eltern! In meinem Bauch grummelt und blubbert es gleichzeitig. Spannung, Aufregung, Freude und auch ein wenig Angst versuchen, sich gegenseitig wegzuschubsen.

Durch weiße Wolken nach Athen

Zwei Pizzableche und einen Film später sagt Mama: »Jetzt aber ab ins Bett. Morgen wird ein anstrengender Tag – erst der frühe Flug, dann die Fährfahrt, dann mit dem Auto über die Insel … das wird eine ganz schöne Tour.«

Papa wringt das Geschirrhandtuch in den Händen. Mit Sorgenfalten auf der Stirn guckt er von Sophia zu mir und zurück. »Meine Kleinen. Schafft ihr das wirklich alles alleine? Zum ersten Mal ohne uns fliegen? Und dann gleich so weit?«

Sophia rollt die Augen: »Ich bin fünfzehn, Papa.«

Ich denke: Aber ich bin erst elf! Ich kuschle mich an Papa und fühle etwas in meinem Bauch rumoren, sage aber: »Klaro kriegen wir das hin.« Klaro ist mir trotzdem auch etwas mulmig. Klaro blubbert aber gleichzeitig auch die Abenteuerlust in mir.

»Zum Glück holen Peter und Dimitri euch vier ja am Flughafen von Athen ab, von da an seid ihr dann nicht mehr auf eigene

Faust unterwegs«, sagt Mama mit einem kleinen Seufzer. »Ich bin wirklich froh, dass Peter dabei ist.«

»Dein Vater wird gut auf die Mädchen aufpassen«, murmelt Papa. »Ganz sicher«, wiederholt er und streichelt mir dabei versonnen über die Locken.

Mama beginnt, die Spülmaschine einzuräumen. Auf einmal bleibt sie, mit einem Teller in der Hand, stehen. Zögerlich sagt sie: »Ich überlege gerade … ob ich es morgen überhaupt schaffe, mit zum Flughafen zu kommen, denn ich muss eigentlich noch diese wichtige Reportage fertig machen und …«

»O nein, deine wichtige Reportage kann warten. Du kommst mit«, unterbreche ich sie mitten im Satz. Ich bin selbst erstaunt, wie energisch meine Stimme klingt, aber wenn mir etwas wirklich wichtig ist, kann ich ganz schön bestimmt sein. Im letzten Jahr habe ich mir ein Herz gefasst und Mama und Papa klar und deutlich gesagt, dass ihr Job nicht immer wichtiger sein darf als alles andere. Seitdem ist vieles besser geworden: Wir essen nun regelmäßig zusammen und haben vor allem unseren *Magic Sunday*, an dem alle abends zu Hause sind. Ich gucke Mama gespielt streng an, woraufhin sie die Hände in die Luft wirft und murmelt: »Okay, schon verstanden. Klar komme ich mit.«

»Adonis! Los jetzt, leg endlich die Sonnenbrille zurück!«, wiederholt Sophia ungeduldig. Sie zeigt zur blinkenden Anzeigetafel in der Abflughalle. Jannis und ich stehen neben ihr. Hier, in diesem riesigen Flughafen, komme ich mir auf einmal sehr klein vor. Ich stelle fest, dass sich meine Abenteuerlust gerade irgendwo versteckt hat. Vielleicht hockt sie hinter einem Gepäckschalter oder hinter dem Verkaufstresen vom Duty Free-Shop. Jannis geht es scheinbar ähnlich, er ist auch stiller als sonst.

»Wir müssen zum Gate, es ist Boarding«, mahnt Sophia. Ja, meine Schwester hat wirklich alles im Griff, denke ich, nicht ohne Bewunderung. Aber Adonis betrachtet sich völlig unbeeindruckt ein letztes Mal im Spiegel, auf der Nase eine Brille mit orangeroten Gläsern. »Sieht schon cool aus, oder?« Er stößt mich an. »Komm, Luzy, sag deiner Schwester, wie lässig ich aussehe.«

»Total«, sage ich, woraufhin Sophia die Augen rollt, aber dann muss sie doch lachen. Sie zieht Adonis am Ärmel hinter sich her und murmelt: »Los jetzt, Gate A21!« Hintereinander traben wir vier los. Aber als wir am Gate ankommen, ist alles leer und dunkel, keine Wartenden weit und breit.

»Oh no, jetzt haben wir den Flug verpasst!« Entsetzt schlägt Sophia sich die Hand vor den Mund. Ich merke, wie mir die Knie weich werden, und höre Jannis neben mir tief seufzen. Nur einer behält die Fassung, und das ist Adonis. Er deutet auf den Bildschirm. »Wolltet ihr wirklich heute Mittag nach Mallorca fliegen? Also ich gehe lieber rüber zu A22, denn da geht's in zwanzig Minuten los nach Athen.« Betont lässig schlendert er zum Gate nebenan und stellt sich leise pfeifend in die Reihe zum Boarden.

Wir anderen stürmen ihm hinterher. Mein Herz macht einen

erleichterten Hüpfer und tanzt mit der Abenteuerlust, die sich hinter dem Tresen hervorgewagt hat, ein Tänzchen.

»Okay, Punkt für dich«, meint Sophia und lehnt sich mit einem tiefen Seufzer an Adonis.

»Dieser Typ ist genial …«, meint Adonis und klopft sich selbst auf die Schulter.

Zum ersten Mal heute höre ich Jannis laut und fröhlich etwas sagen: »Wisst ihr, Adonis und ich kennen uns aus in der Welt. Wir sind ja schon länger allein unterwegs, was, Brüderchen?«

»Pah, und ob«, macht Adonis. Dann tippt er auf Sophias Tasche. »Was hast du dir da überhaupt gekauft?«

Sophia zupft an der zusammengerollten Zeitschrift. »Ach, nur ein Geo-Heft für Geschichte.« Adonis pfeift durch die Zähne. »Manchmal ist deine Schwester mir ein bisschen zu schlau«, raunt er mir zu.

Im Flugzeug sitzen wir alle in einer Reihe. Während Jannis einen Comic herausholt und anfängt, darin zu lesen, und Sophia sich die Kopfhörer aufsetzt, bin ich die Einzige, die Adonis' fröhlichem Dauergequassel zuhört. Zwischen Adonis' und meinem Sitz ist der Gang.

»Ich bin echt aufgeregt, Luzy! Nach so langer Zeit wieder zu Hause! Endlich Mama und Papa sehen! Und unsere Insel …« Er strahlt dabei wie ein kleiner Junge unter dem Weihnachtsbaum. »Jannis und ich müssen euch alles zeigen. Wir müssen zu unserer Lieblingsbucht mit dem Boot fahren und zu unserem

Hausstrand und in der Stadt Eiskakao trinken, zum Tanzabend und …«

Ich brumme ein paarmal zustimmend, aber dann merke ich, wie mir nach all der Aufregung die Augen zufallen, sodass ich gar nicht mitkriege, wie wir abheben. Als ich wieder aufwache, höre ich die Flugzeugmotoren gleichmäßig rattern, und wir sind hoch oben in der Luft. Mein Kopf liegt an Jannis' Schulter. Erschrocken federe ich hoch. Adonis grinst mich über den Gang hinweg breit an, während Jannis sehr vertieft in sein Buch ist.

»Hallo? Opa Peter? Hallo? Jetzt ist der Anruf schon wieder weg. Er wollte uns irgendetwas Wichtiges sagen.« Ratlos starre ich auf das Handy. Ich finde es immer noch ungewohnt, wenn es plötzlich in meiner Tasche brummt. Wir stehen alle vier am Gepäckband, und jeder hat endlich seinen Koffer neben sich, nachdem wir ausgerechnet auf meinen extralange warten mussten. Am Ende hatte ein Flughafenmitarbeiter ihn gebracht, weil er wohl vom Gepäckwagen gefallen war. Da klingelt es wieder in meiner Hand. »Hallo? Ah, Dimitri … Ja … okay, warte …« Ich reiche Adonis das Telefon. Adonis plappert auf Griechisch los, verstummt dann und lauscht und plappert weiter. Dabei nickt er und guckt zu Jannis, der die Schultern hochzieht. Schließlich sagt Adonis auf Deutsch ins Handy: »Ach komm, wir haben schließlich Sophia dabei, macht euch keine Sorgen«, und legt auf.

»Okay, Planänderung. Sie sind zu spät dran und können uns nun doch nicht am Flughafen abholen.«

»O Mist«, sage ich. »Und jetzt?« Mir rutscht das Herz in die Hose. Ich hatte mich so darauf gefreut, mich hier in Athen gemütlich in Dimitris Wagen zu setzen. Wie bitte finden wir uns in dieser unbekannten Riesenstadt zurecht? Ich gucke zu Sophia und sehe, dass auch sie überlegt.

»Wir sollen die U-Bahn zum Fährhafen nehmen«, redet Adonis weiter. »Es dauert ungefähr eine Stunde. Ich habe gesagt, wir kriegen das hin, stimmt's, *Koucla mou*?«

Sophia sieht ihn fragend an.

»Ach so, also … das ist Griechisch. So nennt man bei uns seine Freundin.« Adonis guckt ein bisschen unsicher von einem zum anderen. »War das jetzt komisch, oder wie?«

»Nein!«, ruft Jannis.

»Ich finde, das klingt nett«, sage ich.

»Na ja, wenn ihr alle meint …« Sophia grinst verschmitzt. »Mal abwarten, was mir noch so einfällt!«

»Nun gut, *Koucla*, was ich eigentlich eben sagen wollte …« Adonis grinst. »Du findest ja sicher den Weg zum Hafen. Wir können uns glücklich schätzen, dass wir dich dabeihaben, obwohl …, wenn es nach dir ginge, wären wir ja jetzt schon auf Mallorca.« Adonis sieht sie mit einem überlegenen Grinsen an.

Sophia rollt die Augen. »Bah!«, macht sie und streckt ihm die Zunge raus. Kurz sieht sie ein bisschen besorgt aus, aber dann sagt sie: »Logisch kriegen wir das hin. Kommt, dann suchen wir mal die U-Bahn.« Jeder schnappt sich sein Gepäck. Hier am Flughafen sind die Schilder nicht nur in griechischen Buchstaben, sondern auch auf Englisch angezeigt, also können auch Sophia und ich uns orientieren. Oder zumindest ein bisschen. Erst laufen wir nach links, dann wieder nach rechts, bis wir merken, dass geradeaus durch den Ausgang der richtige Weg ist, immer dem Zeichen mit dem kleinen Zug nach. Wir müssen raus aus dem Flughafen und eine steile Rolltreppe hochfahren. Laut Information fährt in ein paar Minuten ein Zug, daher rennen wir die letzten Meter. Aber als wir in der Halle ankommen, hören wir unter uns am Gleis zischend den Zug abfahren. Seufzend lehnen wir an der Wand vom Fahrkartenautomaten. Adonis zeigt auf die Tafel mit den Abfahrzeiten: »Keine Sorge, die nächste kommt in zwanzig Minuten.« Jannis ist noch immer stiller als sonst. Als ich zu ihm rübergucke, lächelt er matt. Ich kann mir gut vorstellen, dass es komisch ist, in seinem Heimatland anzukommen, in dem man nicht mehr wohnt. Und dann auch noch mit der Bahn fahren zu müssen, anstatt abgeholt zu werden. Da stößt Jannis auf einmal einen kleinen Freudenschrei aus und ruft Adonis begeistert etwas auf Griechisch zu. Plötzlich ist er wie umgewandelt. Er macht einen kleinen Satz in die Luft, und dann lassen die Brüder beide ihr Gepäck fallen und rennen zum Kiosk gegenüber. Beladen mit griechischen Keksen und bunten Flaschen, kommen sie kurz darauf zurück. So habe ich Jannis noch nie strahlen sehen. »Diiiese Kekse mit Eistee! Wie ich die vermisst habe«, schwärmt er. Er trippelt im Kreis herum und reißt mit Schwung die Verpackung auf, steckt sich einen runden Keks in den Mund und verdreht genüsslich die Augen.

»Mmmmh«, macht er und bietet allen einen an. Und dann essen wir vier diese viel zu süßen Kekse und trinken dazu den kühlen Tee, der sogar noch süßer ist als die Kekse. Jannis sieht sehr zufrieden aus.

Als wir später die Rolltreppe nach unten fahren und zum Zug gehen, hüpfen und federn seine Schritte so, als würde er gleich abheben, und er quasselt auf Griechisch auf Adonis ein. Opa Peter würde sagen: »Der Junge redet ja ohne Punkt und Komma.«

Wundermedizin Eistee und Kekse

»Ist die groß, die Fähre! Wie viele Autos passen da bitte drauf?«, murmelt Sophia. Ihr Kopf lehnt an Adonis' Schulter, sie sitzen auf einer Bank am Hafen, ich sitze daneben. In der griechischen Nachmittagssonne ist es richtig warm. Wir haben alle unsere Jacken und Pullis eingepackt und schwitzen trotzdem noch in unseren langen Hosen.

So einen wuseligen und dazu noch lauten, dreckigen Hafen habe ich noch nie gesehen. Er erinnert mich an die Bilder aus meinem Wimmelbuch von früher. Alle sprechen Sprachen, die ich nicht verstehe, alle haben irgendetwas zu tun und rennen kreuz und quer durcheinander. Und fast alle halten Becher oder etwas zu essen in der Hand. Die Leute lachen viel und laut und gestikulieren wild beim Reden. Auch Jannis hatte sich hingesetzt, um dann sofort wieder aufzuspringen. Gerade trippelt er vor der Bank auf und ab und futtert weiter glücklich einen Keks nach dem anderen. Dabei dreht er sich immer wieder, zeigt auf irgendwas und sagt dann etwas zu Adonis auf Griechisch. Die stille Phase von heute Morgen scheint vorbei zu sein. Ich beneide meine Schwester ein wenig, dass sie sich einfach an Adonis kuscheln kann, denn plötzlich fühle ich mich müde und auch ein bisschen einsam. Als ich gerade überlege, ob ich vielleicht schon den ersten Heimwehanfall kriege, biegt ein blauer Transporter vor uns ein. »Da sind sie!«, rufe ich und springe auf. »Opa Peter! Dimitri!«

Wir schnappen uns unser Gepäck und rennen los, dem Wagen hinterher, der sich schon in die Schlage zur Fähre einreiht. »Passt auf, die Autofahrer hier sind alle verrückt«, höre ich Adonis' Stimme. Hinter uns bleiben hupend die Autos stehen, und es schallen Rufe aus den offenen Fenstern. Ein Mann vorne am Schiff winkt Dimitri in seinem Wagen ungeduldig weiter, dabei fällt ihm um ein Haar die Zigarette aus dem Mund. Dimitri hält trotz des Tumults für uns an.

»Kinder! Ihr hier? Na, das nenne ich ja mal einen Zufall!«, sagt Opa Peter tiefenentspannt, als er uns vor dem heruntergekurbelten Beifahrerfenster herumtanzen sieht. In aller Ruhe streckt er seine Hand aus dem Fenster, um mir über den Kopf zu streichen. Wieder Hupen. Opa Peters Gesicht legt sich in tausend Lachfältchen, und ich möchte ihn auf der Stelle an mich drücken, so froh bin ich, ihn zu sehen. Lässig hängt er seinen Arm im karierten Hemd aus dem Fenster, als hätte er sein Leben lang nichts anderes gemacht, als Tausende Kilometer mit einem Esel im Transporter nach Griechenland zurückzulegen. »Wie war euer Flug?«, sagt er. Wieder Hupen. Lauteres Hupen, der Mann vorne wedelt nun immer ungeduldiger mit den Armen, und das Auto hinter uns gibt Gas und fährt an uns vorbei.

Dimitri ruft vom Fahrersitz aus etwas auf Griechisch, woraufhin Jannis die Schiebetür aufreißt. »Wir müssen auf die Fähre rauffahren«, erklärt er, und dann quetschen wir vier uns mit Gepäck nach hinten in den Wagen und werfen mit einem lauten Rumms die Tür zu. Kurz muss ich nach Luft schnappen, denn hier riecht es seeehr doll nach Esel, Heu und muffigem Gemüse. Aber als ich unseren grauen Freund sehe, ist mir das egal. »Tzatziki!«, rufen wir, filmreif, alle vier wie aus einem Mund. Jannis wirft sich dem Esel an den Hals und schmiegt sich an ihn. Adonis streichelt ihm liebevoll das Fell. Ich streichle Tzatziki ebenfalls, doch weil Dimitri dann wieder anfährt, purzeln wir alle durcheinander, und Tzatziki stößt einen kleinen, erschrockenen Schrei aus. Als der Esel mir dann auch noch in seiner ganz besonderen Weise auf die Hand pustet, schließe ich die Augen. »Geschafft!« Ich schnaube selbst aus wie ein Esel.

Jannis legt für einen kurzen Moment die Hand auf meinen Arm und sagt: »Aber echt. Endlich.«

Wir sind auf der Fähre. Noch nie habe ich meinen Opa so fest in den Arm genommen. Noch nie habe ich mich bei ihm so glücklich und sicher gefühlt. Opa Peter hat ein Stück Opa-Hausen mitgebracht, *meine* Heimat, hierher ins ferne Griechenland!

Heute verstehe ich wohl zum ersten Mal wirklich, wie fremd sich die Jungs manchmal in Deutschland fühlen. Wie anders hier alles ist: Geräusche, Gerüche, Luft und Menschen. Inzwischen haben sich alle über das Boot verteilt. Adonis und Sophia haben versprochen, zur Ankunft pünktlich zurück am Wagen unten zu sein, und sind dann irgendwo in den Tiefen der Fähre verschwunden. Dimitri holt Tee, und Opa Peter, Jannis und ich stehen hinten am Heck des Schiffes. Mir kam es erst gemein vor, Tzatziki nach der kurzen, stürmischen Begrüßung allein im Wagen zu lassen, aber Dimitri hat mir klargemacht, dass sich ein Esel so am wohlsten fühlt, »in seiner vertrauten Umgebung«. Vielleicht ist das nicht nur bei Eseln so.

Ich wundere mich mal wieder, dass Dimitri auf einmal in ganzen Sätzen Deutsch spricht, nachdem ich ihn jahrelang in seinem Laden als den stillen, freundlichen Mann kannte, der mir immer wortlos einen Lolli geschenkt hat. Seit Dimitri vor einigen Monaten wieder Kontakt zu seiner Jugendliebe Talia in Griechenland aufgenommen hat, ist er wie ausgewechselt. Jannis' großer Bruder Nikos hatte Talia bei seiner Rückkehr auf der griechischen Insel im Nachbarort zufällig getroffen. Tatsächlich hatten Dimitri und Talia schon bald danach angefangen, endlos lange Telefongespräche zwischen Griechenland und Deutschland zu führen. Dass sie sich wiedersehen wollten, war schnell klar. Nun ja, und seitdem wandert Dimitri auf rosa Wolken und quasselt wie ein Wasserfall.

»Uns sind die Hühner abgehauen!«, erzähle ich Opa. »Es war

total komisch ohne dich in Opa-Hausen, und gestern Abend haben wir noch Pizza gemacht und …« Alles sprudelt nur so aus mir heraus, und am liebsten würde ich Opa Peter schon wieder umarmen – was ich dann auch tue. Mein Opa wiederum erzählt uns von den verschiedenen Gasthöfen in den verschiedenen Ländern, die sie durchquert haben, die er schon gar nicht mehr alle zählen kann. Als Dimitri mit den Teebechern zurückkommt, unterhalten Opa und er sich über den griechischen Fährverkehr, und Jannis und ich stellen uns ein Stück entfernt dicht an die Reling, um zuzugucken, wie das Schiff ablegt. Die Fähre tutet so laut, dass wir uns beide erschrocken lachend die Ohren zuhalten. Eine Weile gucken wir still auf das rauschende Wasser unter uns. Jannis räuspert sich. Dann sagt er: »Hier im Hafen von Athen ist das Wasser immer noch schmutzig, aber je weiter wir aufs Meer hinausfahren, wird es immer sauberer.«

»Wie oft hält denn das Schiff?«, frage ich.

»Oh, sehr oft, unsere Insel ist die letzte auf der Route, danach dreht das Boot um und fährt wieder zurück zum Festland.« Nach einer Pause sagt er: »Deshalb ist es bei uns auch besonders schön und einsam.«

Um uns herum wird es jetzt ruhiger. Der Hafenlärm verebbt hinter uns. Der Großteil der Passagiere verkrümelt sich in Richtung Bordcafé, und bald hört man nicht viel mehr als den Schiffsmotor und die schreienden Möwen.

»Ich bin ehrlich froh, dass du dabei bist, Luzy«, sagt Jannis auf einmal. Und ich nicke ziemlich doll mit dem Kopf. Ein Glück, dass Jannis endlich wieder redet, und zwar auf Deutsch und mit *mir*. Dann ist Stille. Nur Möwen, Brummen und Rauschen.

»Luzy.«

»Was?«, frage ich, meine Augen auf das schäumende Wasser in der Tiefe unter uns gerichtet. Als nichts kommt, gucke ich hoch. Jannis sieht mich mit seinen dunklen Augen ernst an. Seine strubbeligen Haare sind vom Wind noch strubbeliger als normal. »Magst du Adonis lieber als mich?«

»Hä? Warum das denn?«, frage ich überrascht.

»Du lachst viel mehr über seine Witze.« Und dann fügt Jannis etwas leiser hinzu: »Aber wahrscheinlich ist Adonis einfach witziger als ich.«

»Nein! Ach Quatsch! Überhaupt nicht. Es ist nur … ich glaube, es ist einfach so, dass …« Ich weiß selbst nicht so recht, wie ich es erklären soll. »Weißt du, Adonis ist wie ein Bruder für mich, wie Hannes. Oder auch wie Jakob. Aber du …« Ich lege eine lange Denkpause ein. »… du bist einfach Jannis für mich.«

Jetzt guckt Jannis mich nicht mehr an, stattdessen sieht er lächelnd aufs Meer. Dann sagt er: »Okay, ich glaube, das verstehe ich.«

Eine kleine Insel im großen Meer

»Dieser Hafen sieht aus wie der vorhin in Athen, nur eingeschrumpft«, sage ich. Nach drei Stunden Fahrtzeit sind wir schließlich angekommen. Meine Stimme klingt dumpf im Laderaum des Transporters, in den wir vier eben wie aufgescheuchte Hühner nacheinander hineingehüpft sind. Gerade erst hatten wir die Wagentür zugezogen, als Dimitri auch schon wieder den Motor starten musste, weil er von einem Mann mit oranger Weste ungeduldig rausgewinkt wurde. Wir holpern über die Rampe der Riesenfähre herunter, die irgendwie viel zu groß für diesen kleinen Inselhafen scheint.

Vor ein paar Minuten noch standen Jannis und ich an der Reling. Er war gerade dabei, mir auf der Felsklops-Insel vor uns im Meer seine alte Schule zu zeigen, da tutete plötzlich das Schiff ohrenbetäubend laut, und eine Lautsprecherdurchsage erklang. »Ups! Wir müssen runter, das geht hier immer ziemlich schnell«, sagte Jannis, woraufhin wir zum Auto gerannt sind. Auf der Treppe nach unten haben wir noch Opa Peter eingeholt, Adonis und Sophia kamen aus der anderen Richtung gestürmt – Sophia mit wehenden Haaren, kichernd, im Schlepptau von Adonis. Beim Einsteigen raunte Adonis mir zu: »Dass deine Schwester auch nie pünktlich sein kann«, worauf er prompt einen Puff von Sophia erntete.

Nun pressen wir alle die Nasen an die beschlagenen Rückscheiben. Vorne im Wagen sind die Fenster offen. Draußen herrscht ein surrendes Stimmengewirr, unterbrochen von Rufen und Lachen. Die Autos fahren scheinbar alle durcheinander, dazwischen laufen Eltern mit Kindern an der Hand, hektische Touristen, gelassene Hafenarbeiter, und überall sind viele, viele Hunde. Und Katzen. In diesem Moment kommt mir Deutschland so still vor.

Kopfschüttelnd sieht auch Opa Peter aus dem Fenster. »Junge, Junge, was für ein geordnetes Chaos. Alle laufen kreuz und quer, und doch hat jeder einen Plan«, bemerkt er. Opa Peter schaut zur Fähre zurück, wo gerade die letzten Autos herunterfahren. Ein Mann mit oranger Weste pfeift laut durch die Zähne und ruft etwas. »Wer nicht schnell genug ist, fährt auf direktem Wege zurück nach Athen«, bemerkt Opa. Genau in dem Moment wird die Rampe hochgezogen, und das Boot legt wieder ab.

Die Nachmittagssonne steht tief am Himmel, als wir in gemütlichem Tempo auf eine Schotterstraße fahren. »Wir müssen einmal den ganzen Berg hoch, vor der Dunkelheit sollten wir aber da sein«, erklärt Dimitri.

Dimitri hatte am Ende der Fährfahrt die Zeit genutzt, um die Sitze wieder richtig zu stellen und das Gepäck so gekonnt zu verstauen, dass wir alle einen Platz haben. Tzatziki ruht friedlich in seiner nun etwas zusammengeschrumpften Ecke im Laderaum.

Es geht über kurvige, schmale Bergstraßen. Der Transporter ruckelt und schuckelt hin und her. Ich erinnere mich an meine erste Fahrt in diesem Wagen, letzten Sommer, als Nikos, Adonis, Jannis und ich unterwegs zu einem rätselhaften Eselshof am Stadtrand waren, wo wir Tzatziki und die Hühner untergebracht hatten, bis wir merkten, dass das Ganze ein einziger Betrug war.

»Mein Bruder Nikos arbeitet hier in der Stadt. Er macht dort in einem größeren Betrieb seine Ausbildung fertig, die er bei Elena in Deutschland abgebrochen hat. Er wohnt hier unten gleich am Fähranleger, seine Freundin Helena ganz in der Nähe. Die zwei sind schon zusammen zur Schule gegangen«, erzählt Adonis Sophia. Ich sehe, dass Sophia und er sich an den Händen halten.

»Aber diese Schule gibt es jetzt nicht mehr?«, fragt Sophia.

»Nein, sie hat letzten Sommer zugemacht, weil viel zu wenige Kinder da waren.«

»Darum wollten unsere Eltern ja auch mit uns umziehen. Also das war *ein* Grund …«, murmelt Jannis aus seiner Ecke. Er sieht dabei irgendwie etwas grimmig aus. »Erst wollten sie auf die große Nachbarinsel ziehen und dann doch ganz weg, nach

Deutschland. Aber am Ende sind sie einfach hiergeblieben.« Jannis lehnt mit dem Kopf an der Seitenwand und guckt hinaus in die griechischen Berge. Nach einer Weile fängt er leise an zu pfeifen. Durch die offenen Fenster vorne weht ein lauwarmer, duftender Frühlingswind herein.

»Die Luft riecht nach Pizza«, bemerke ich. Jannis zieht die Brauen zusammen. »Pizza?«, fragt er überrascht. Dann schnuppert er heraus. »Aha, verstehe, das ist … wie heißt das noch auf Deutsch, Dimitri? Dieses Gewürz?«

»Du meinst wahrscheinlich Rosmarin!« Dimitri sucht meine Augen im Rückspiegel. »Hier bei uns wächst so ziemlich alles, Luzy! Thymian, Salbei, Basilikum, Zitronenmelisse … Unsere Berge sind ein wahres Kräuterregal, man muss sich nur bedienen.«

»Ah«, sage ich und schnüffle weiter aus dem Fenster. Beim Gedanken an Pizza denke ich an gestern Abend, an Papa und Mama. Aber diesmal ohne das einsame Gefühl von vorhin am Hafen, hier fühle ich mich schon viel wohler.

»Na, Jungs, schaffen wir den steilen Berg diesmal?« Dimitri dreht den Kopf zu uns nach hinten. Opa Peter döst, sein Kopf ruht auf einem himmelblauen Nackenkissen mit Erdbeer- und Johannisbeermotiv, das er von seinen beiden alten Kumpels Hein und Joost vor der Reise bekommen hat.

»Gib Gas!«, feuern Adonis und Jannis ihren Onkel gleichzeitig an. Adonis steckt seinen Kopf zwischen die Vordersitze. »Erinnerst du dich, Dimitri: erst richtig viel Gas und dann sachte weiter, sonst bleibst du hängen.«

»Wem sagst du das«, erwidert Dimitri. Er streicht sich über den Bart. Lässig blinzelt er ins Gegenlicht und schiebt sich seine Sonnenbrille auf die Nase. »Achtung, alle festhalten!« Und dann nimmt er Anlauf, wie ich es sonst nur vom Fahrradfahren kenne. Der Motor heult auf, und das Auto schießt geradeaus den Berg hoch. Auf dem steilen Schotterweg wird es immer langsamer, und die Räder drehen ein wenig durch. Jannis ruft etwas von hinten auf Griechisch, woraufhin die anderen lachen. »Schaffst du, Auto!«, ruft Dimitri. Mit einem eleganten Schwung kommt das Fahrzeug vor einem Steinhaus zum Stehen. Stotternd geht der Motor aus.

»Ihr seid da!«, ruft eine Stimme in die Stille. Sie gehört einer Frau mit braunen, langen Haaren, die herausstürmt und die Schiebetür zum Transporter aufreißt. Sie sieht Jannis sehr ähnlich, genau dieselben dunklen Augen.

»Mama!«, ruft Jannis. Sie trägt ein gestreiftes Sommerkleid und eine lange Strickjacke. »Jannis! Adonis!«, und dann folgen viele fröhlich-quirlige Worte auf Griechisch. Die Jungs stürmen aus dem Wagen und fallen ihrer Mutter in die Arme. »He! Nicht eure Papa vergessen.« Diesmal eine tiefe Stimme, die wiederum einem Mann gehört, der wundersamerweise ebenfalls die gleichen dunklen Augen hat wie Jannis und seine Brüder. Sein Schnurrbart ist schwarz, und seine Haare sind etwas länger, sodass sie wellig im Nacken aufliegen. Inzwischen sind auch

Sophia und ich ausgestiegen, und der Mann nimmt uns beide nacheinander fest in den Arm. Er zeigt auf sich, sagt mit blitzenden Augen »Papa« und lacht. Zuletzt tritt dann noch eine ältere Frau mit vielen Sommersprossen im freundlichen Gesicht und einem weißen Dutt aus der Tür. Ihre lange Schürze weht ihr um die Beine. »Ya-ya! Oma!«, ruft Jannis. Er stürmt auf sie zu und drückt sich an sie. Sie umarmt ihn und tätschelt ihm lange liebevoll den Kopf. Hinter Jannis' Großmutter sehe ich, dass die Wolken hellorange in der letzten Abendsonne glühen. Wir haben es geschafft und sind genau vor Einbruch der Dunkelheit angekommen.

Es ist ein einziges Hallo-Rufen und Durch-die-Luft-Gewirbel, Lachen und Freudentränen. Dann winkt Jannis' Papa energisch mit der Hand. Er zeigt auf ein gemütlich erleuchtetes Steinhaus mit großen Fensterscheiben, das wenige Meter oberhalb von unserem Parkplatz steht. Am Hang entdecke ich noch ein paar weitere, kleinere Häuser. Vor dem großen Haus ist eine überdachte Terrasse mit einem Hängesessel, der sich an einer Kette im Windzug wiegt. Auf einem langen Tisch stehen Gläser mit einem orangebraunen Getränk mit Eiswürfeln und kleine Schälchen. Ich sehe grüne und schwarze Oliven, Brot und Kräcker.

»*Jámas!* Prost«, ruft Jannis' Papa und verteilt die Gläser in die Runde. Er zeigt auf sich und sagt: »Aris«, und danach auf seine Frau und sagt: »Alexandra. Alex.« Langsam sagt er auf Deutsch: »Willkommen zu Hause.«

Alex hat ihre beiden Söhne rechts und links im Arm und drückt sie fest an sich. Ihre Augen funkeln glücklich im Dämmerlicht. Vielleicht hat sie aber auch schon wieder Tränen in den Augen. Neben ihr steht Opa Peter, immer noch mit dem Beerenkissen um den Hals, sein Gesicht in tausend Lachfältchen.

Wir stoßen an und machen uns über die Köstlichkeiten her, während Aris und Alex immer noch weitere Schälchen bringen. Sophia hat sich den Hängesessel geschnappt. Summend stößt sie sich mit den Füßen ab und knabbert Kräcker. Die Luft schwirrt und surrt, als wäre sie lebendig. »Was ist das für ein Geräusch?«, frage ich niemand Bestimmten.

Mama Alex antwortet: »Das sind die ersten Zikaden des Jahres. Eine Art Grashüpfer.« Alle lauschen. In einiger Entfernung erschallt unverkennbar Tzatzikis vertrautes I-ah. Offenbar lässt ihn Dimitri gerade zu den griechischen Hühnern. Jannis hat erzählt, dass Tzatziki hier bei den Hühnern noch seinen alten Stall mit Auslauf hat. Vom anderen Ende des Hangs kommen vereinzelte Eselrufe zurück, als würden sie antworten, worüber wir alle lachen müssen. Ich habe das seltsame Gefühl, schon ewig hier zu sein. Auch als Jannis' Mutter mir auf Deutsch Fragen stellt, kommt mir ihre Stimme bekannt vor. Sie erzählt, wie sie die ersten Lebensjahre in Hannover verbracht hat, bis ihre Eltern auf die Insel ausgewandert sind. Es ist, als würde ich das alles hier schon kennen. Oder liegt das daran, dass ich es mir in der Fantasie genau so vorgestellt habe?

Rosinenkuchen mit Aussicht

»Luzy! Luzy! Bist du wach?«, mischt sich eine Stimme in meinem Traum. »Luzy! Wir müssen nach draußen! Alles erkunden!«

Ich blinzle in die zu helle Sonne auf meiner Nase. Und dann sehe ich viel zu nah vor mir das viel zu wache Gesicht meiner Schwester. Sophia hat schon ihr blaues Sommerkleid mit den kleinen Blümchen an und die blonden Haare zu einem hohen Pferdeschwanz gebunden. Ungeduldig zupft sie an meiner dünnen Bettdecke.

Ich seufze tief. »Ich habe vom roten Tretboot in Opa-Hausen geträumt, wo gerade …«

»Hey!«, unterbricht sie mich. »Wir sind hier nicht in Opa-Hausen, sondern in Griechenland, schon vergessen? Ich bin gerade eine Runde draußen herumgejoggt. Ganz schön bergig, sag ich dir.« Sophia hüpft durchs Zimmer, dreht Pirouetten auf den Zehenspitzen und nimmt alles genau unter die Lupe. »Ein eigenes Häuschen für uns beide! Adonis meinte, dass das Haus hier früher für die Arbeiter von der Olivenplantage und ihre Familien war, aber jetzt steht es leer … Oh, guck mal hier, die Fotos vom Strand.« Sie bleibt vor einem Bild stehen und betrachtet es genauer. »Da müssen wir hin. So schön türkises Wasser!«

Müde sehe ich mich um. Gestern waren meine Schwester und ich beide viel zu erschöpft und sind einfach nur noch ins Bett gefallen. Aber bei Licht betrachtet ist dieses Steinhäuschen der Wahnsinn. Und vom Bett aus kann ich auf das glitzernde Meer gucken! Die hellen Vorhänge wehen sanft im Wind. Dann … zähle ich bis drei und springe mit einem großen Satz aus dem Bett.

»Guten Morgen! Die Jungs sind bei den Hühnern«, sagt Alex zur Begrüßung. Sie kommt uns auf dem knirschenden Kiesweg entgegen. Nachdem ich mich schnell angezogen habe, sind Sophia und ich wieder in Richtung Terrasse gegangen, wo jetzt das Frühstück aufgebaut steht. »Nehmt euch, was ihr mögt …« Das weiße, bestickte Kleid flattert Alex beim Gehen um die Beine. Sophia und ich setzen uns einander gegenüber auf die Bänke. Alles sieht hier selbst gemacht aus, sogar das Geschirr. Auf einem braunen Teller steht geschnittenes Obst unter einer Fliegennetz-Haube, und neben Toast und Marmelade entdecke ich Kuchen mit dicken Rosinen. Verstohlen nehme ich mir ein Stück, immerhin ist ja keiner da, der sagt, dass ich erst mal etwas Gesundes essen soll! Obwohl das natürlich etwas Tolles ist, versetzt der

Gedanke, dass Mama und Papa in diesem Urlaub wirklich nicht dabei sind, mir einen kleinen Stich. Beim ersten, zuckersüßen Bissen ist dieses Gefühl aber glücklicherweise verflogen. Alex hat sich neben mich auf die Bank gesetzt. Ihre Augen wandern zwischen Sophia und mir hin und her. »Jetzt verstehe ich, warum die Jungs sich in Deutschland so wohlfühlen!«, sagt sie. Sophia und ich gucken uns an, und ich hoffe, dass niemand merkt, wie mir die Hitze ins Gesicht steigt.

Jannis' Mutter redet einfach weiter. »Endlich können wir nach Deutschland nachkommen – die Jungs sind ja schon viel zu lange alleine! Wir sind so stolz auf sie, wie sie sich ihr Leben dort allein aufgebaut haben. Es kam ja alles anders als geplant. Wir sollten im letzten Jahr mitkommen, aber dann ist uns der Mieter für den Hof abgesprungen. Zum Glück haben wir nun einen Cousin von Aris' gefunden, ein verlässlicher Kerl, der sich auch um den gesamten Betrieb hier in Griechenland kümmern wird.« Nachdenklich dreht sie ihre Teetasse in den Händen. »Wisst ihr, die jungen Griechen und Griechinnen zieht es in die Stadt und auf die großen Inseln. Sie haben keine Lust auf unser kleines Bergdorf.«

»Aber es ist doch so schön hier!«, murmelt Sophia, mit verträumten Blick aufs glitzernde Meer in der Ferne.

»Schön, aber einsam. *Varetó*, sagt man auf Griechisch. Langweilig. In Deutschland erlebt man als Jugendlicher viel mehr.«

Langweilig? Das kann ich mir nie und nimmer vorstellen! Mir kommt es so vor, als warte hier an jeder Ecke ein Abenteuer.

Plötzlich höre ich ein Rascheln und dann ein Schnauben. Ich schrecke hoch, als mir jemand auf den Arm pustet.

»Wo kommst *du* denn her?«, frage ich Opa Peter, denn der ist mit Tzatziki auf der Terrasse aufgetaucht. Tzatziki scharrt hinter mir mit dem Vorderhuf. »Nein, nicht meinen Kuchen! Such dir was anderes«, sage ich kichernd zur neugierigen Eselschnauze. Opa Peter bleibt am Tisch stehen, auf dem Kopf seinen uralten, verwaschenen blauen Sonnenhut, die Ärmel vom Oberhemd hochgekrempelt.

»Tja, der frühe Vogel fängt den Wurm!«, sagt er mit Opa-Strahlen. »Mir hat im Bett die Sonne so neugierig die Nase gekitzelt, da bin ich meinen grauen Freund suchen gegangen, und er hat mich schon über die Insel geführt.«

»Tzatziki ist ein prima Pfadfinder.« Alex dreht den Kopf lachend zu Opa Peter. »Man muss ihm nur folgen, und er kennt immer den Weg.« Liebevoll tätschelt sie dem Esel den Hals, und Tzatziki reibt seine weiche Schnauze an ihrem Arm. »Ich habe dich vermisst, Eselchen! Danke noch mal, Herr Peter, dass er bei dir wohnen darf!«

Opa Peter nickt. »Klaro Klärchen. Das ist ja aber vor allem Luzys Verdienst.« Er zwinkert mir durch seine Brille zu. »Ach ja, übrigens … das war ein starkes Stück heute Morgen! Tzatziki hat mir auf unserem Spaziergang doch tatsächlich einen Kaffee besorgt. Vorne an der Töpferei!«

»Du bist bis zur Töpferei gegangen?«, fragt Alex überrascht. »Guck, unser ganzes Geschirr kommt von dort.«

Man sieht Opa an, dass er selbst ein bisschen stolz ist. »Man hat mir dort einen schönen starken gemacht, und ich habe mich köstlich unterhalten. Mit Jorcho.«

»Giorgio?«, fragt Alex jetzt noch erstaunter. »Das ist Aris' Cousin!«

»Der die Plantage übernimmt?«, fragt Sophia.

Alex antwortet: »Nein, Giorgio würde sie ganz sicher nicht übernehmen.« Ihre Stimme klingt ein bisschen bitter. Dann erklärt sie ruhig: »Georgio ist wieder ein anderer Cousin, wir haben nicht mehr viel mit dem Zweig der Familie zu tun. Nun ja, aber … hier auf der Insel ist eben irgendwie jeder mit jedem verwandt.«

»Habt ihr euch auf Griechisch unterhalten?«, frage ich meinen Opa.

Dieser beantwortet meine Frage mit einem schiefen Lächeln: »Ich würde unsere Unterhaltung eher als freundlichen Austausch mit Händen und Füßen bezeichnen.« Opa Peter hebt die Hand zum Mund und sagt dabei: »Kaffee? Kaffee, das hat er verstanden. Na ja, und dann haben wir uns noch übers Wetter und die politische Lage ausgetauscht.« Er gluckst vor Lachen.

Mir fällt auf, dass Alex nicht nur genau Jannis' Augen, sondern auch die gleiche Art hat, mit den Augen zu lachen, ohne dass der Mund mitmacht. Und wenn ihre Haare nicht zu einem lockeren Zopf zusammengebunden wären, würden sie wahrscheinlich genauso wild und strubbelig vom Kopf abstehen wie die von Jannis immer.

Dann wird Alex wieder ernst und sieht auf ihre Armbanduhr. »Oh weh, ich muss los, noch schnell ein paar Dinge bei uns im Büro erledigen. So schön es klingt, mit Oliven und sonnengeküssten Tomaten zu handeln, aber Feierabend gibt es leider nie. Ich bin gleich zurück, dann fahren wir los, euch die Insel zeigen.« Leichtfüßig, aber mit energischen Schritten trippelt sie zu einem kleinen weißen Auto. Im Eilschritt zupft sie sich ihre Frisur zurecht, dann winkt sie uns noch mal zu und ruft: »Die Jungs müssten auch gleich zurück sein. Sie sind wahrscheinlich noch bei Phileas' Laden, dort waren sie jeden Tag nach der Schule …« Sie sieht wieder auf die Uhr und kommt dann doch noch kurz zurück zu uns. »Der Laden ist Herz und Treffpunkt des Dorfes. Phileas weiß alles, er ist unsere Tageszeitung! So, nun ist es aber wirklich Zeit.« Winkend dreht sie sich auf dem Absatz um, trabt dann die letzten Meter bis zum Auto, öffnet die Tür und springt hinein.

»Ein bisschen wie Mama …«, sage ich und gucke dem aufwirbelnden Staub hinterher, als Alex den Wagen startet.

Opa Peter schmunzelt. »Der Gedanke kam mir auch gerade. Bei der ticken die Uhren ebenso in tüchtigem Tempo!«

Und dann gehen Sophia und ich in unser Häuschen zurück, bevor wir die Jungs treffen. Opa Peter bleibt mit Tzatziki auf der Terrasse.

»Jetzt bräuchte ich nur noch eine deutsche Zeitung und meinen Liegestuhl, dann wäre es wie in Opa-Hausen«, sagt er mit zufriedenem Gesichtsausdruck.

Einmal die Insel rauf und runter

»Ach, hier seid ihr!«, begrüßt Adonis uns. Jannis hebt die Hand, als Sophia und ich aus unserem Zimmer auf die kleine Terrasse treten.

»Hallo«, sage ich leise, und Sophia fliegt Adonis um den Hals. »Hi, Kucku! Oder wie hieß das noch mal?«, fragt sie.

Adonis lacht. »*Koucla. Koucla mou.* Das sagt man in Griechenland aber eher zu Mädchen.« Jannis und er lachen beide.

»Alles eine Frage der Emanzipation«, antwortet Sophia.

Ich wende mich an Jannis: »Tzatziki hat Opa Peter heute Morgen schon die Insel gezeigt und einen Kaffee besorgt.«

»Im Ernst? Das ist ja genial. Und praktisch noch dazu, denn dann müssen die zwei sich nicht auch noch ins Auto quetschen. Er bleibt dann also hier?«

Ich nicke. »Er will es sich gemütlich machen.«

»Prima! Los geht's! Meine Eltern warten vorne schon auf uns!«

»Dann starten wir mal unsere Rundfahrt«, begrüßt uns Alex, und Papa Aris nimmt Sophia und mich mit einem »*Kalimera*« nacheinander in den Arm. Sein Schnurrbart kitzelt ein wenig meine Wange.

»Alles einsteigen. Bitte«, sagt Aris auf Deutsch. Wir fahren mit seinem Wagen, der sehr viel größer ist als das kleine weiße Auto von Alex. Jannis, Adonis und Sophia klettern auf die Rückbank, und ich gehe nach ganz hinten. Ratternd lässt Aris den Motor an. Es geht den steilen Schotterweg abwärts, bis wir dann abbiegen und über eine größere, geteerte Straße den Berg hochfahren.

»Erster Stopp, Schule!«, ruft Alex von vorne. Sie dreht sich um und tätschelt Jannis das Knie. »Unsere Jungs sind hier oben jeden Tag in der Schule gewesen«, sagt sie zu Sophia und mir. »Es ist so seltsam für uns, eure Schule in Deutschland gar nicht zu kennen. Noch keinen der Lehrer oder Lehrerinnen haben wir getroffen …«

»Darum kommt ihr ja jetzt zu uns«, sagt Adonis und sieht dabei sehr glücklich aus. Leiser sagt er: »Aber Luzy und *Koucla mou* kennt ihr ja zum Glück schon«, woraufhin alle lachen. Aris zwinkert ihm durch den Rückspiegel zu.

»Tante Elena lässt euch ausrichten, dass sie auch ganz froh ist, ihre Wohnung dann bald wieder für sich zu haben«, fährt Adonis fort.

»Wie?« Alex dreht sich mit fragendem Blick um.

»Nein, das war ein Scherz, das würde Tantchen natürlich nie

sagen. Sie ist ja froh, ihre coolen Neffen bei sich zu haben.« Adonis streicht sich durch die Haare. »Mich zumindest. Ich bin eine Riesenhilfe im Haushalt.«

»Ha! Du meinst wohl mich«, sagt Jannis. »Sie *liebt* mich.«

»Sie liebt euch beide.« Alex lächelt ihre Jungs an und wirft ihnen eine Kusshand nach hinten. »Ups, guckt! Wir sind schon da.«

Aris parkt den Wagen am Straßenrand, und wir steigen vor einem erstaunlich kleinen weißen Haus mit türkisen Fensterläden aus. »Darf ich vorstellen: Unsere Schule«, sagt Jannis. »Seltsam, auf einmal kommt sie mir winzig vor.«

»Mir auch!«, stimmt Adonis ihm zu. »Aber wir waren auch gerade mal sechzig Kinder, oder?«

»So eine große Schule wie in Deutschland hat einfach viel mehr Möglichkeiten«, seufzt Alex. Wir gehen näher an das Gebäude heran und pressen unsere Nasen an die Scheibe der hohen Fenster. Drinnen stehen altmodische Tische und Bänke, und ich sehe eine dunkelgrüne Tafel an der Wand.

»Sie wollen einen Kindergarten daraus machen, aber bisher fehlt ihnen das Geld«, übersetzt Alex für uns, was ihr Mann auf Griechisch sagt. »Unser Dorf hat für viele Sachen nicht genug Geld. Es müsste dringend Unterstützung bekommen, man müsste sich für Projekte bewerben, aber dazu hat keiner Zeit. Oder auch keine Lust«, fügt sie hinzu.

»Es gibt doch so Sachen …«, sage ich leise zu Jannis. »Weißt du, wie das Projekt aus dem Geo-Unterricht! Wo sie Geld bekommen haben, um ein Dorf umweltfreundlicher zu machen, mit Wind- und Sonnenenergie und so.«

»Stimmt, das wäre cool«, sagt Jannis. »Ich wünschte, Nikos würde hier so etwas starten, aber er will ja nichts mehr von unserem Dorf wissen.«

»Na ja, Nikos ist in erster Linie verliebt und muss seinen eigenen Weg finden«, bemerkt Alex mit einem kleinen Lächeln. »Kommt, wir gehen einen Kaffee trinken. Vorne an der Ecke, bei Hektor.« Alle nicken und steigen wieder ins Auto. Ich stoße Jannis an, als ich nach hinten klettere. »Aber so ein Projekt wäre wirklich toll.«

Jannis nickt. »Total.«

Hektors Café stellt sich eher als eine Art Wohnung heraus, in dem ein älterer Herr Kaffee und Eistee verkauft und an seinem eigenen Küchentisch serviert.

»Hier bei uns gibt es kein echtes Café! Nur unten am Strand. Ansonsten muss man bis in die Stadt fahren«, erklärt mir Jannis.

»Na ja, und mein Opa kriegt in der Töpferei seinen Kaffee!«, merke ich an. Ich mag es total bei dem freundlichen Hektor mit der Schirmmütze, unter der sich weiße Löckchen kräuseln. Er lächelt Sophia und mir zu und redet die ganze Zeit mit uns, obwohl wir kein Wort verstehen, aber das kümmert ihn nicht. Der Eistee ist unglaublich süß und lecker. Klar, dass es auch Kekse dazu gibt. Hektors grauer Hund streift uns vertrauensvoll um die Beine. Im Hintergrund sitzt eine noch ältere Frau in einem Schaukelstuhl und lächelt ebenfalls. Als wir gehen, winkt sie.

»Anders als bei euch zu Hause, was, Luzy?«, fragt Alex mich beim Rausgehen. Leiser sagt sie: »Ich vermisse diese schicken Cafés und Restaurants, die es in Deutschland gibt.«

»Ich mag es so wie hier!«, erwidere ich. Ich denke kurz nach. »So gemütlich, altmodisch … besonders eben.«

»Na ja, ein richtiges Kino oder ’ne Bar wären schon nicht übel«, murrt Adonis. »Für uns, was, *Koucla mou*?«

Sophia murmelt etwas Unverständliches, worüber Adonis lachen muss.

Nach dem Cafébesuch fahren wir eine Weile einfach nur durch die Berge. Aus dem Radio tönt Musik, die fremd ist, wie die Landschaft auch, und dabei wunderschön und exotisch. Als Alex sich zu Jannis umdreht und seine Hand festhält, habe ich auf meinem hinteren Sitz plötzlich einen dicken Kloß im Hals. Weil ich zu Hause vermisse, aber auch, weil ich mich so gut in den Deutschland-Jannis versetzen kann, dem seine Eltern fehlen und der schon viel zu lange ohne sie ist.

So sieht also ein griechischer Frühlingstag aus! Wir essen zu sechst zusammen zu Mittag in einem typisch griechischen Restaurant, einer Taverne, wo man auf Gartenstühlen im Schatten riesiger Bäume sitzt und aufs Meer guckt. Aris hat für uns, wie Alex erklärt, seine gesammelten Lieblingsgerichte bestellt, die Sophia und ich unbedingt alle probieren müssen. Er versucht uns mit Händen und Füßen sein Land vorzustellen und die Zubereitung der verschiedenen Gerichte zu erklären. Alex, Adonis und Jannis kommen mit dem Übersetzen gar nicht hinterher. Ich fühle mich, als gehörten Sophia und ich selbstverständlich und schon immer mit zur Familie.

»Unglaublich, dass meine Eltern sich für euch beide wirklich den ganzen Tag freigenommen haben, das ist eine große Ehre«, raunt Jannis mir im Auto über die Lehne zu, als mir vor Müdigkeit die Augen zufallen.

»Mhmm«, mache ich.

»Sie lieben euch«, nuschelt Adonis vor mir.

»Zu Recht«, flüstert Sophia zurück und kuschelt sich grinsend an ihn. »Aber vielleicht haben sie sich den Tag ja auch wegen *euch* freigenommen.«

Nach mehreren Stopps an Aussichtspunkten, an denen Aris uns erklärt, wo im Meer welche Nachbarinseln liegen und welche Orte besonders schön sind, kehren wir nach Hause zurück. Oma Ya-ya hat bereits den Tisch draußen gedeckt, auf dem wiederum griechische Kleinigkeiten auf vielen, über den Tisch verteilten Tellerchen warten. Ich wundere mich selbst, dass mein Appetit schon wieder zurück ist, und lasse mich glücklich auf einen Stuhl plumpsen. Ich schließe für einen Moment die Augen und höre die Zikaden. Und denke, dass ich unbedingt ganz bald mal mit Papa, Mama, Piet und Hannes herkommen will. Wie seltsam, dass sie diesen Ort, mit allem, was dazugehört, gar nicht kennen, obwohl Sophia und ich ihn schon jetzt so tief ins Herz geschlossen haben.

Wo steckt nur Phileas?

Die Luft am Morgen fühlt sich feucht und frisch an, sodass Sophia und ich uns, nachdem wir kurz mit Mama und Papa telefoniert haben, unsere Pullis aus dem Haus geholt haben. Wir haben vorne auf der Terrasse mit Alex gefrühstückt, die uns gesagt hat, dass die Jungs bei den Hühnern sind. Sophia und ich beschließen, erst mal auf eigene Faust loszuziehen und uns diesen Phileas mal anzuschauen, von dem wir schon so viel gehört haben. Auf dem Schotterweg nun kitzelt uns die warme Morgensonne auf den nackten Beinen. Wir gehen die steile Straße hinunter, die wir bisher immer mit Vollgas mit dem Auto hochgefahren sind. Ich schnüffle in die Luft. »Riechst du das? Schon wieder dieser Pizzageruch.«

Sophia nickt. »Weißt du noch, wie wir in Italien waren und für Papa und Mama aus Gräsern Tee gemixt haben?«, fragt mich Sophia.

»Ja!«, rufe ich. »Aber getrunken haben sie ihn nie. Frech.« Hier in der Sonne ist das leichte Heimwehgefühl nach dem Telefonat mit Mama und Papa eben komplett verflogen, und in meinem Bauch hüpft, springt und blubbert es unternehmungslustig. Trotzdem denke ich auf einmal viel mehr darüber nach, was es heißt, woanders zu leben.

Nur gut, dass Jannis' Eltern in ein paar Wochen nach Deutschland kommen und sie dann wieder als Familie zusammen sind.

»Hat es gar nicht offen?«, fragt Sophia. Wir stehen vor einem verlassen aussehenden Geschäft am Wegesrand. Am Ende der abschüssigen Straße sind wir an einem kleinen gelben Steinhaus angekommen, über dem ein rotes Schild mit griechischen Buchstaben hängt. »Einen anderen Laden sehe ich zumindest nicht.«

»Hm«, mache ich und drücke die Türklinke herunter, aber es tut sich nichts. Ich spähe durch die staubigen Fenster der Glastür ins Ladeninnere und mache eine interessante Entdeckung. »Da drinnen sieht es aus wie in Dimitris Laden!« Ich sehe eine Theke, auf der bunte Lollis in einem Glas stehen, und einen hohen Stapel Teebecher. Daneben ist eine altmodische Kasse, und davor liegen Stapel von Papieren und gerollter Kassenbons. Im hinteren Teil des Raums sind die Regale vollgestellt mit allen möglichen Waren, von Nüssen und Konservendosen über Kekse bis zu Strandspielzeug, Gymnastikmatten und Taucherbrillen. Da soll Mama noch mal sagen, dass mein Zimmer ein Chaos ist!

Plötzlich tippt mir von hinten jemand auf die Schulter. Wenn man vom Teufel spricht … denn hier steht Dimitri. Er hat sich tüchtig den Bart gestutzt, neben ihm eine Frau mit kurzen schwarzen Haaren. »Ups!«, mache ich erschrocken.

»Guten Morgen!«, begrüßt uns Dimitri höflich.

Ich fange an zu stottern. Verstohlen gucken Sophia und ich zwischen Dimitri und der Frau hin und her. Dimitri strahlt über seinem neuen Bart und zeigt neben sich: »Das ist Talia. Wir haben uns gerade zufällig hier im Ort getroffen. Talia und ich kennen uns schon ewig.« Die Frau gibt uns mit einem wohlwollenden Kopfnicken die Hand und sagt: »Hello.« Trotz Sonnenbrille würde ich sofort sagen, dass sie nett aussieht und etwa so alt wie Dimitri sein muss. Dann ist sie wohl seine große Jugendliebe, wegen der er jahrelang so unglücklich war, dass er kaum mehr gesprochen hat!

Dimitri legt die Stirn in Falten, als würde er erst jetzt begreifen, dass hier etwas nicht stimmt. »Der Laden ist zu? Aber Phileas hat doch immer offen, egal ob an Weihnachten, Ostern, Sonn- oder Feiertagen.« Er ruckelt auch noch einmal an der Tür, aber nichts bewegt sich. In dem Moment nähern sich andere vertraute Stimmen, diesmal aus der entgegengesetzten Richtung – Adonis und Jannis kommen angeschlendert. Adonis streicht Sophia über den Rücken und sagt leise »Hi«. Jannis murmelt ein Hallo. Dann stellt Adonis die zwei entscheidenden Fragen: »Ist der Laden zu? Und … ist das deine Freundin, Dimitri?«

»Ja, und, ähem …«, stottert Dimitri. Er guckt zu Talia. »Ich meine, Yes and no … also eigentlich: Ja und ja und nein …« Er guckt unsicher zu Boden. Talia sagt etwas auf Griechisch, dann strahlt sie Dimitri an.

»Oh, là, là«, macht Adonis, und das verstehe auch ich.

»Hat jemand ein Telefon?«, wechselt Dimitri elegant das Thema. Da bremst ein Auto mit quietschenden Reifen neben uns. Aus dem offenen Fenster ruft Jannis' Mutter: »Wisst ihr, was mit Phileas los ist?«

Alle schütteln den Kopf. Alex parkt ihr Auto quer auf der Schotterstraße und öffnet die Fahrertür. Sie bleibt in der offenen Tür sitzen, tippt auf ihrem Handy herum und spricht dann mit jemandem. Jannis lauscht und sagt leise: »O nein.« Er sieht besorgt aus. Alex legt auf und ruft: »Im Ort reden alle schon darüber, dass Phileas nicht aufgemacht hat. Deshalb bin ich hergekommen. Jetzt habe ich gerade seine Tochter erreicht. Er hatte heute Morgen einen Zusammenbruch und ist auf dem Weg in die Klinik in die Stadt. Auf jeden Fall muss jemand gleich die Waren annehmen. Milch, Käse und Joghurt müssen kühlgestellt werden. Meint ihr, ihr könntet das kurz machen? Ich habe heute den ganzen Vormittag über Termine. Das wäre irre lieb. Ihr könnt ja danach gleich an den Strand und …«

»Ist schon okay, kriegen wir hin, fahr ruhig los«, sagt Adonis.

Alex sieht dankbar aus. »Es tut mir leid.« Sie sieht zu Sophia und mir. »Ach ja, und … der Schlüssel liegt hinterm Haus bei der Regentonne.« Und dann ist sie ebenso schnell wieder verschwunden, wie sie aufgetaucht ist.

»Und ich dachte, ich hätte Urlaub«, murmelt Dimitri zerknirscht, als wir alle verblüfft dem Auto hinterhergucken.

Adonis fährt sich durch die Haare. »Aber wir vier können doch arbeiten, ich find's cool. Oder was meint ihr?«

Wir drei nicken. »Ähem, ja, logisch …«, sagt Jannis langsam.

»Klar«, meint Sophia. »Haben wir einen Plan?«

»Nein. Einen Plan gibt's hier mal nicht, *Koucla.*« Adonis grinst, wofür er einen Knuff von Sophia erntet. Dimitri geht mit Jannis und mir hinters Haus, um den Schlüssel zu suchen. Als wir ihn gefunden, aufgeschlossen und uns im Laden flüchtig umgesehen haben, verabschieden Dimitri und Talia sich. »Talia wollte mir … noch einen besonderen Platz unten am Strand zeigen. Morgen muss sie wieder arbeiten«, nuschelt er entschuldigend.

Da fällt mir etwas ein: »Dann vergiss nicht die Badehose mit den surfenden Ketchupflaschen!«

Jannis fängt an zu glucksen, und Dimitri zwickt mich verschmitzt in den Arm. »Nicht frech werden, Kleine!«

Wir vier stehen unschlüssig im Verkaufsraum. Aber als ein weißer Lieferwagen um die Ecke biegt, bleibt uns keine Zeit zum Nachdenken, denn unser unverhoffter Job des Tages startet in rasantem Tempo. Ein Fahrer mit Kappe, die Zigarette im Mundwinkel, bremst quietschend vor der Tür, steigt aus und stellt seine Waren im Eingang ab. Dabei bimmelt die Ladenglocke leise. Bevor einer von uns etwas sagen kann, lässt er sich alles von Adonis quittieren und fährt winkend und hupend schon wieder davon.

»Ok, dann fangen wir wohl mal an«, sagt Sophia und schnappt sich einen Besen, den sie durch den Verkaufsraum wirbelt, während Adonis, Jannis und ich Milch, Joghurt und Käse in den Kühlschrank räumen. Als wir gerade damit fertig sind, bremst erneut ein Transporter, der wiederum kistenweise Obst und Gemüse in der offenen Ladentür ablädt. »Na, das läuft ja«, murmelt Jannis. Erst jetzt sehe ich mir Jannis mal richtig an. Er trägt ein verwaschenes T-Shirt, braune Shorts und Flipflops, wie an dem Tag, als ich ihn im letzten Jahr bei uns in der Einkaufsstraße kennengelernt habe. Nach den langen Wintermonaten ist der Sommer-Jannis wieder da. Und mit ihm auch sein typisches Jannis-Lächeln. »Okay, auf drei anheben!«, sagt er, und dann tragen wir zusammen eine schwere Gemüsekiste nach der anderen hinten in den Laden und verteilen das Grünzeug in den Regalen, bis mir ein bisschen die Arme wehtun. Ich sortiere die Kräuter in Wassergläser und stelle fest, dass mir bei jedem Duft eine andere Erinnerung kommt. Diese hier riechen nach Italienurlaub, die ein bisschen nach Medizin, das Kraut hier wiederum nach Nicht-Einschlafen-Können, das hier nach …

»Luzy! Hast du den Rosmarin gesehen?« Jannis wedelt mir mit den Händen vorm Gesicht herum. »Huhu, Luzy!«

»Hä?« Ich gucke so verdutzt, dass Jannis lachen muss. Dann nimmt er mir den Bund ab, an dem ich gedankenverloren herumgezupft habe. »Du hast ihn in der Hand!«

Kaufmannsladen spielen auf Griechisch

»*Kalimera!*«, wieder bimmelt es, wieder eine neue Stimme. Diesmal eine leise, etwas zittrige. Es folgt ein wasserfallähnlicher Monolog auf Griechisch. Ich weiß nur, dass *Kalimera* Guten Morgen heißt. In der Tür steht eine alte Frau, schwarz angezogen, mit einem großen Einkaufskorb. Jannis redet mit ihr sehr schnell, und die Frau wirft wehklagend die Hände zum Himmel. Jannis ruft Adonis etwas zu.

»Wir brauchen die Kasse. Kriegst du die in Gang?« Adonis zieht Sophia samt Besen am Arm zum Kassentresen. »Die Kundin hier möchte Milch und Käse kaufen.«

Sophia runzelt die Stirn. »Du willst wissen, ob ich die Kasse *hacken* kann? Tja …« Dann fängt sie wild an zu tippen, drückt irgendwelche Tastenkombinationen nacheinander, aber nichts passiert. »Hm, klappt leider nicht«, sagt sie und schnappt sich wieder ihren Besen.

»Dann schreiben wir eben alles auf, und die Leute zahlen später«, schlägt Adonis vor. Als kein Widerspruch kommt, nickt Sophia der Frau zu, stellt den Besen ab und schreibt auf Deutsch Käse und Milch auf einen Zettel. Sie hilft ihr dabei, die Waren in den Einkaufskorb zu stapeln. *»Parakaló«*, sagt meine Schwester, und dann folgen noch ein paar Sätze auf Griechisch. Ich staune. Die Kundin nickt dankbar und verlässt den Laden.

»Du kannst Griechisch?« Auch Adonis ist verblüfft.

Sophia wird ein bisschen rot. »Na ja, ich habe im Flugzeug gestern mit der App gelernt.«

An diesem Vormittag kommen noch viele Kunden und Kundinnen. Mir schwirrt irgendwann der Kopf, und ich habe das Gefühl, ich müsste mich in den Arm zwicken: Da sitzen wir auf einer griechischen Insel, irgendwo mitten im türkisblauen Meer, und spielen Kaufmannsladen. *Echten* Kaufmannsladen.

Jannis' Mutter war noch zweimal da und hat sich aufrichtig entschuldigt, dass wir an unserem zweiten Ferientag schon arbeiten müssen, woraufhin wir immer wieder versichert haben, dass es uns Spaß macht. Einmal kam Papa Aris vorbei und später noch Opa Peter mit Tzatziki. Tzatziki hat von Jannis ein paar extrafrische Karotten bekommen, die er nun genüsslich und laut krachend vor der Ladentür kaut. Danach verbringt der Esel dann seine Mittagsruhe im Schatten vorm Haus und träumt vielleicht von Opa-Hausen.

Wieder bimmelt die Türglocke. Ein dunkelhaariger Mann in

Jeans und Turnschuhen spaziert herein. Er stellt sich als Cousin von Aris vor und bringt tatsächlich Phileas' Kaffeekännchen, das er offenbar sonst nur für sich selbst benutzt, auf dem Herd zum Laufen. Mit zwei Bechern in der Hand verlässt er den Laden. Auf den Klappstühlen davor sitzt bereits mein Opa zufrieden in der Nachmittagssonne und liest in einer uralten deutschen Zeitung, die er im Laden gefunden hat. »Nichts ist so alt wie die Zeitung von gestern, aber das ist mir heut schnuppe«, meint er augenzwinkernd zu dem Cousin mit den Kaffeebechern. Dieser nickt nur. Tzatziki erwacht und streckt sich träge. Er reibt die Schnauze an Opa Peters Bein. Ich höre meinen Opa durch das offene Fenster sehr laut mit dem Cousin reden. Sie sitzen mit ihren Zeitungen nebeneinander auf den kippligen Stühlen. Opa Peter kommentiert beim Lesen, wie immer. Jedes Mal, wenn der andere ihn nicht versteht, redet mein Opa einfach lauter, in einem Gemisch aus Deutsch und Englisch. Ich höre ein zustimmendes Brummen.

»Der arme Schlucker hat was mit dem Herzen«, sagt Opa Peter, als er etwas später seinen Kopf zur Tür hereinstreckt.

»Wer? Was? Woher weißt du das?«, stottere ich, den Bleistift in der Hand. Ich stehe am Tresen. Ganz ohne Plan wollte Sophia es doch nicht machen und hat Schichten eingeteilt, was Adonis, wenn auch augenrollend, akzeptiert hat – schließlich hatte er als Erstes die Pausenzeit erwischt und ist pfeifend nach draußen verschwunden. Ich dagegen bin gerade für die Kasse zuständig.

Jannis tritt mit der leeren Kaffeetasse in der Hand (Aufräumdienst) hinter Opa Peter in den Laden. »Kostas draußen hat mir erzählt, dass Phileas was am Herzen hat und im Krankenhaus bleiben muss.« Ich sehe ungläubig zwischen meinem Opa und Adonis hin und her. Opa Peter lächelt stolz. »Gewusst wie! Das nenne ich Sprachtalent.«

»Armer Phileas«, sagt Jannis. »Das heißt dann für uns wohl erst mal: weiterarbeiten!« Er dreht sich zu mir. »Hier auf der Insel springen alle füreinander ein. Aber Sophia und du, ihr könnt natürlich auch was anderes machen.«

»Quatsch, wir helfen mit!«, ruft Sophia von einer kleinen Leiter aus, die am Regal lehnt (Einräum- und Sortierdienst). Ich nicke begeistert. Ich habe schon immer gerne mit meinem Kaufladen gespielt, und in echt, im griechischen Inselladen, macht das Ganze noch viel mehr Spaß. Nicht im Traum hätte ich mir meinen zweiten Ferientag so vorgestellt, aber: Am Strand liegen kann jeder!

An der Kasse befindet sich mittlerweile eine lange Liste, mit deutschen und griechischen Begriffen, die jeder von uns bei seinem Dienst vorne aufgeschrieben hat. »Irgendwann zahlen die Kunden schon, bei uns betrügt keiner«, erklärt Adonis. Dann geht er zu Jannis, und die beiden flüstern auf Griechisch.

»Wer flüstert, lügt«, murrt Sophia. Sie ist fertig mit Einräumen und spült am Waschbecken ab.

Adonis hebt nur die Augenbrauen, dann zieht er seinen Bruder mit sich nach hinten in den Lagerraum, von wo sie dann kurz darauf mit großen Tüten in der Hand wiederauftauchen. Adonis pfeift unschuldig. Er guckt auf die staubige Wanduhr über der Tür und stellt die Tüte ab. »Das hier geht aufs Haus ...«, und damit zieht er vier Flaschen Eistee aus dem Kühlschrank. »Unser Stundenlohn. Und jetzt ist Feierabend! Milch und Joghurt sind sowieso ausverkauft, den Rest Gemüse kriegt Tzatziki.«

Weil wir alle damit einverstanden sind und mir schon lange die Beine wehtun, setzen wir uns mit unseren Blubbergetränken vor den Laden in die Nachmittagssonne. Jannis kippt Tzatziki eine Kiste mit den letzten Karotten und Salat vor die Hufe, die er knackend und schmatzend frisst.

Was für ein Tag! Von der Insel gesehen habe ich heute nichts, dafür aber so ungefähr das ganze Dorf kennengelernt.

Als dann Aris kommt und hupend vor dem Laden hält, ist unser Arbeitstag wirklich zu Ende. Adonis springt auf und läuft auf ihn zu. Er redet mit ihm durchs offene Autofenster. Dann winkt er. »Sophia und ich holen für alle die Badesachen von zu Hause. Papa fährt uns zum Meer.« Als die drei wenig später zurück sind, schließen wir ab und steigen alle vier ins Auto. Im Wegfahren winkt uns Opa Peter nach, der gemächlich, mit seinem typischen Humpelschritt, neben Tzatziki die Schotterstraße hinauf nach Hause geht. Wir dagegen düsen bergab in Richtung Meer.

Bei drei im Wasser!

»Bei drei springen wir rein«, sagt Sophia.

»Okay«, sagt Adonis.

»Mal gucken«, sage ich.

»Niemals«, sagt Jannis. »Viel zu kalt für mich. Ich gehe nicht vor Juli ins Meer.«

»Typisch«, Adonis stupst seinen Bruder an, »traust dich nicht.«

»Wohl«, sagt Jannis.

»Dann mach doch.« Wieder Adonis.

»Haaaallo! Wenn ihr hier weiterdiskutiert, erfriere ich und gehe gar nicht mehr rein«, ruft Sophia dazwischen. Mit ihrem neuen orangen Bikini hüpft sie bereits mit den Füßen im flachen Wasser herum. Ich habe meinen stinknormalen dunkelblauen Badeanzug mitgenommen. Neben ihr komme ich mir irgendwie klein vor … und darum renne ich mit Karacho los und stürze mich ins Wasser – schnell untertauchen ist die einzige Lösung. Ich federe sofort wieder hoch, schnappe nach Luft, pruste los und renne in Richtung Strand zurück. »Brrrr! Ist das kalt!« Die anderen drei kommen mir durchs kristallklare Wasser lachend entgegen. »Mütze ab!«, ruft Jannis mir zu, als ich an ihnen vorbeihechte.

»Hä?«, mache ich. Dann kapiere ich: Mütze ab, Hut ab!, für Jannis macht das keinen Unterschied. Ich hüpfe auf dem Kieselstrand auf und ab, um wieder warm zu werden. In einiger Entfernung sehe ich Papa Aris auf einem Plastikstuhl sitzen, ins Gespräch vertieft mit einem grauhaarigen Mann. Anerkennend streckt er einen Daumen in die Luft. »Luzy, super!«, ruft er. Im Nachhinein war das Wasser eigentlich, als ich erst mal drin war, gar nicht mehr so kalt. Ich winke ihm lachend zu und sehe mich um. Dieser Strand ist sehr schmal und liegt direkt an der Straße, an der in den Cafés Leute in der Abendsonne sitzen, Kaffee, Eistee oder Limonade trinken und sich unterhalten. Einige sitzen auch auf Stühlen ohne Café, wie Aris. Ein paar Katzen liegen in einem Knäuel im Schatten, und ich höre Hunde bellen. Aus zwei verschiedenen Himmelsrichtungen ertönen Hahnenschreie. Und ob das da vielleicht Tzatzikis I-ah ist?

Da tauchen die drei anderen in Handtücher gewickelt neben mir auf.

»Das war cool, Luzy«, begrüßt mich Adonis. Er hält mir die Hand für ein High five hin, und ich schlage ein.

»Brrrr«, macht Sophia. Adonis nimmt sein eigenes Handtuch

und legt es Sophia wie ein echter Gentleman um die Schultern und sagt: »Nach einem halben Jahr in Deutschland haut mich nichts mehr um.« Ich hüpfe noch immer von einem Bein aufs andere, genau wie Jannis neben mir. »Okay, frisch, aber machbar, obwohl noch nicht Juli ist«, sagt er. »Von jetzt an wird das Meer mit jedem Tag wärmer.« Dann zeigt er zum anderen Ende des Strands: »Kommt, eine schnelle Runde Volleyball, zum Aufwärmen.« Adonis holt aus dem Auto einen alten Plastikball, der viel zu leicht ist und immer wegweht, aber gut genug für ein kurzes Spiel, Jungs gegen Mädchen, über das zerfetzte Netz.

»Ha! Die Mädchen gewinnen zwölf zu acht … Spielende«, ruft Sophia triumphierend. »Lieber nur ein Kurzes, bevor unsere Glückssträhne abreißt«, flüstert sie mir zu. Ich habe noch nie richtig Volleyball gespielt und bin froh, dass ich den Ball irgendwie übers Netz bekommen habe, die Punkte hat eigentlich alle Sophia gemacht. Der Strand liegt nun komplett im Schatten. Lachend rennen wir quer über den Sand zum Auto zurück, wo Aris uns empfängt. »War gut?«, fragt er mich. »War kalt?«

Ich nicke, und er klopft mir anerkennend auf den Rücken. »Mutig, mutig«, sagt er und macht dabei mit den Armen Schwimmbewegungen in der Luft.

Adonis setzt sich vorne auf den Beifahrersitz, wir anderen drei nach hinten. Alle Fenster sind offen, Adonis hat so lange am Radio herumgedreht, bis er einen griechischen Sender nach seinem Geschmack gefunden hat. Lauthals singen Aris, Jannis und Adonis mit. Ich gucke aus dem Fenster aufs glitzernde Meer. Sophia sitzt in der Mitte, den Kopf an meine Schulter gelegt.

»Da seid ihr ja!«, begrüßt uns Jannis' Mutter. Sie nimmt uns alle nacheinander in den Arm und ruft dann: »Ihr mutigen Schwimmer, ab unter die warme Dusche mit euch!«

Wir laufen direkt durch zu unserem Badezimmer. Als wir kurz darauf gerade wieder angezogen sind – Sophia hat noch das Handtuch um den Kopf gewickelt –, da hören wir: »Seid ihr fertig?« Adonis klopft von draußen an unsere ein Stück weit geöffnete Terrassentür und streicht sich durch die frisch gegelten Haare. »Sitzt, was?«

Sophia hebt eine Augenbraue. Sie zieht sich den Turban herunter und murmelt nicht sehr überzeugt irgendwas in ihr Handtuch. Adonis sagt mit selbstsicherem Blick: »Ich verstehe das als ein Ja. Meine Oma hat gekocht, ihr müsst schnell kommen, es riecht schon wieder köstlich.«

Zu dritt gehen wir zum Haus herüber. Meine Haare tropfen mir in den Nacken, und mein T-Shirt flattert mir sanft über die Haut. So fühlen sich Ferien an.

Jannis sitzt irgendwie seltsam zusammengesunken auf der weißen Bank vor dem Haus. Von drinnen aus der Küche höre ich laute Stimmen, die miteinander diskutieren – oder streiten? Fragend sehe ich Jannis an, aber der zuckt nur die Schultern. Wir setzen uns zu ihm.

Ya-ya stellt eine duftende Auflaufform auf den Terrassentisch, »Hab ich Kohldampf!«, sagt mein Opa, der in einer grauen, weiten Hose hinter uns auftaucht, unbeirrt von dem Lärm drinnen.

Wir drehen uns zu ihm um. »Neue Hose?«, fragt Sophia ihn.

Opa Peter lacht. »So gut wie neu, 1998 mit Käthe im Sommerschlussverkauf erstanden, aber sitzt prima, oder?« Wie schön, die tausend Lachfältchen zu sehen.

»Nicht zu toppen«, meint Sophia.

»Ich habe wirklich einen neuen Freund gefunden!«, berichtet mein Opa. Dabei strahlt er wie ein Erstklässler am ersten Schultag.

»Erzähl schon!«, sagt Sophia.

»Ich war wieder bei Giorgio von der Töpferei. Tzatziki liebt es dort, keine Ahnung, warum. Giorgio hat den Esel wie gestern zu sich auf die Wiese gebracht und mir diesen herrlich starken Kaffee gemacht. Wir haben in der Morgensonne gesessen und uns hervorragend unterhalten.«

Opa Peter ist bester Urlaubslaune, stelle ich fest. Anscheinend hat er noch nichts von der Stimmung bemerkt. Ich setze mich neben den bedrückten Jannis. »Was ist denn da los?«, frage ich ihn leise, woraufhin Jannis erneut die Schultern zuckt. »Phileas geht es zwar zum Glück besser, aber er kommt nicht zurück, sondern geht frühzeitig in Rente«, murmelt er. »Außerdem hat wieder eine Familie bei Mama und Papa gekündigt, weil sie von der Insel wegzieht. Alle ziehen nach und nach weg hier.«

Jetzt sieht Opa Peter Jannis mitfühlend an. »Das ist doch zum Mäusemelken, warum nur will keiner im Paradies arbeiten?«, fragt er, seine Laune nun ebenfalls gedämpft. »Ich würde den Job ja sofort annehmen, wenn meine Knochen mitmachen würden. In der Sonne Oliven ernten, Tomaten pflanzen, zwischendurch einen schönen Kaffee im Schatten trinken …« Opa seufzt.

»Aber hier ist nichts los, es ist zu öde«, bemerkt Adonis. Dabei trommelt er ungeduldig mit den Fingern auf dem Tisch. »Und von Oliven und Tomaten allein kann man auch nicht leben.«

»Tja, und jetzt ohne Phileas …«, mischt sich Alex ein. Sie kommt zu uns, eine Flasche Wasser aus der Küche unter dem Arm. »Ich halte es für völlig aussichtslos, einen Nachfolger für seinen Laden zu finden. Alle suchen ihr Glück in der Stadt, auf den großen Nachbarinseln oder gleich im Ausland.«

Papa Aris kommt, setzt sich kurz hin, steht dann aber wieder auf und holt Windlichter aus der Küche. Auch er wirkt irgendwie nervös. Er streicht sich immer wieder über den Schnurrbart und erklärt etwas auf Griechisch. Adonis fasst für uns zusammen: »Seit die Leute wissen, dass meine Eltern für ein paar Jahre wegwollen, kündigen immer mehr. Und wenn der Ort jetzt nicht mal mehr einen Laden hat …«

»Ein schlechtes Vorzeichen, dass ausgerechnet *wir* gehen, nachdem Aris' Familie über Generationen auf der Insel war«, sagt Alex. »Dabei ist es ja nicht für immer, aber wir können die Jungs doch nicht noch länger alleine lassen!« Sie wendet sich an Jannis und Adonis. »Ihr habt das so großartig gemacht bis jetzt, aber über ein halbes Jahr ohne Eltern reicht wirklich. Wir werden ja später wieder auf die Insel zurückkehren ...«

Weil mir der Duft des Essens nun schon eine Weile so verlockend in die Nase steigt, bin ich sehr froh, als Jannis' Oma mir endlich auftut und wir essen dürfen. Ich lerne, dass das hier nun die bekannte Moussaka ist – von der Mama schon erzählt hat! Das Gespräch über Kündigungen und Nachfolger rauscht an mir vorbei und vermischt sich in meinem Kopf mit Gedanken an zu Hause, aber vor allem mit dem Zirpen der Zikaden, den bellenden Hunden in der Ferne und vereinzelten Eselrufen. Tzatziki ist nun wieder in seinem griechischen Heimatstall, bei den Hühnern Sechs bis Zwanzig – denn die Hühner Eins bis Fünf wohnen ja in Opa-Hausen.

So richtig verstehe ich nicht, wer hier welche Meinung vertritt, wer bleiben und wer gehen will, aber vielleicht wissen Jannis' Eltern das selbst nicht so recht. Auf jeden Fall ist die Stimmung angespannt.

Niemals werde ich verstehen, warum man von so einem schönen Ort wegziehen will, denke ich, als ich mich im Bett unter die Laken kuschle. Vor der Terrassentür höre ich noch zwei liebeskranke Hühner, deren Stimmen mich ziemlich stark an Adonis und Sophia erinnern. Irgendwann höre ich nichts mehr, auch nicht von Sophia und Adonis draußen. Oder liegt das daran, dass ich schlafe? Im Traum schiebe ich griechischen Kunden immer wieder bündelweise Rosmarin und Thymian über den Tresen zu.

Cousin Markos und das süße Leben

»Überraschung!«, Adonis steckt sich ein letztes Stück Melone vom Frühstück in den Mund und klatscht in die Hände. »Wir machen einen Ausflug, Ladies, Badesachen einpacken und mitkommen!« Auch Jannis sieht heute wieder vergnügt und ferienfroh aus, keiner von uns erwähnt das Gespräch vom Vorabend.

Weil ich Überraschungen liebe, springe ich sofort begeistert von der Bank, um meine Sachen zu holen. Weil Sophia Überraschungen gar nicht liebt, steht sie seeehr langsam auf und folgt mir mit gerunzelter Stirn zu unserem Häuschen.

Nicht viel später radeln wir vier auf etwas klapprigen Jungsrädern den Berg herunter in Richtung türkis glitzerndes Meer. »Guten Morgen, Pizza-Geruch!«, rufe ich.

»Hä?«, macht Jannis auf dem Rad neben mir. Auf dem holprigen Weg bimmelt seine Klingel am Lenker ununterbrochen.

»Hier riecht es überall nach Pizza! Ihr wohnt im Kräuterland, wusstest du das nicht?«

Jannis streckt die Nase in die Luft. »Hm, stimmt, nach Pizza. Aber es riecht auch nach Apotheke und nach …«

»Weihnachten?«, schlage ich vor. Jetzt schnuppern wir beide in die Luft und versuchen, immer neue Kräutergerüche zu erkennen, bis wir unten am Meer ankommen und gleichzeitig mit quietschenden Reifen abbremsen.

»Das hier ist unser Hausstrand«, sagt Jannis.

»Wie cool ist das, bitte, andere haben einen Hausbäcker oder einen Hausmeister, und ihr habt einfach mal einen Haus*strand*«, sagt Sophia. Ich sehe bei meiner Schwester noch immer einen skeptischen Zug um den Mund, als wäre sie auf der Hut, was als Nächstes passiert.

Wir stellen die Räder ab und gehen quer über den schmalen, noch schattigen Strand. In der Morgensonne schaukeln Boote auf dem glitzernden Wasser. Ein paar Fischer sind schon vom Morgenfang zurück und entwirren am Strand ihre Netze. »*Kalimera!*«, rufen sie uns gut gelaunt zu, und wir rufen ein griechisches Guten Morgen zurück. Neben einem dunkelgrünen Holzboot, an dem lässig ein Typ lehnt, halten wir an. Er scheint ein paar Jahre älter als Adonis zu sein.

»Das hier ist Markos, unser Cousin. Markos, das sind Sophia und Luzy.« Adonis wedelt mit den Armen durch die Luft in Richtung Meer. »Markos fährt uns heute zu einem besonderen Strand.«

Markos hat braune, wellige Haare und hebt mit einem Lächeln, bei dem man alle seine schneeweißen Zähne auf einmal sieht, die Hand zum Gruß. »*Hello, good morning, girls!*«, sagt er. Er mustert Sophia von oben bis unten und fügt dann ein »Oh, là, là« hinzu. Sophia wird leicht rot im Gesicht, und Adonis hebt eine Augenbraue. Markos reicht mir die Hand, und ich hüpfe mit einem großen Satz ins Boot, genau wie Sophia nach mir. Sie kichert, als Markos ihre Hand etwas länger festhält. Adonis murmelt etwas, was sein Cousin mit einem Schneeweiße-Zähne-Grinsen zur Kenntnis nimmt. Jannis und Adonis schmeißen ihre Rucksäcke und Flipflops ins Boot und schieben mit Markos zusammen das Boot vom Strand durchs knietiefe Wasser, dann springen alle drei hinein, und Markos startet den Motor. Tuckernd setzt sich das Boot in Bewegung und gleitet dann fast schwerelos durchs glasklare Meer, auf dessen kieseligem Grund ich weiße Muscheln entdecke und tausend kleine, bunte Fische, die rechts und links vom Boot davonflitzen. Ich halte eine Hand ins kühle Nass und ziehe Linien durch die Gischt.

»Wohin fahren wir denn nun?«, fragt Sophia. Sie zupft Adonis ungeduldig am Ärmel seines T-Shirts.

»Ich kann nur sagen: Ich hoffe nicht, dass Markos dich auf eine einsame Insel verschleppt und uns anderen dann den Fischen zum Fraß vorwirft«, antwortet Adonis gespielt mürrisch.

Sophia schielt zu Markos, der konzentriert am Steuer steht. Sie macht noch einen Versuch. »Okay, jetzt mal ernsthaft, wohin fahren wir, Jannis?«

Jannis antwortet: »Zum schönsten Strand der Welt, und …«

»… und der krasseste Typ der Welt kommt auch mit«, ergänzt Adonis. Sophia guckt zu Markos.

»Hey, hallo! ICH bin dieser Typ!«, ruft Adonis und zeigt mit dem Finger auf sich. Alle lachen, auch Markos, obwohl ich keine Ahnung habe, was er überhaupt von dem Gespräch verstanden hat. Dann streckt Sophia, genau wie ich, den Kopf in den Fahrtwind und lehnt sich mit geschlossenen Augen zurück. Hinter uns verschwindet der Strand gerade im Morgendunst. Markos fährt mit dem Boot eine scharfe Kurve um einen großen, hohen Felsen. »Ey! Immer sachte, wir haben Damen an Bord!«, ruft Adonis. Als er das – oder vielleicht auch etwas anderes – für Markos auf Griechisch wiederholt, fährt dieser mit dem Boot rasant ein paar Zickzacklinien. In meinem Bauch gluckert es wie in der Achterbahn.

»Meeehr!«, Ich strecke den Daumen in die Luft. Drei weitere Zickzacks, dann biegen wir in eine Bucht ein, die aussieht wie ein Postkartenbild. Markos stellt den Motor ab. Bis auf das plätschernde Wasser sind plötzlich alle Geräusche wie verschluckt. Umgeben von weißen hohen Felswänden, hinter türkis schillerndem Wasser, liegt hier ein einsamer Strand, auf dem nur ein paar wenige morgendliche Besucher ihre Badetücher ausgelegt haben.

»Man kommt nur mit dem Boot hierhin, übers Festland führt keine Straße zu diesem Strand«, erklärt uns Jannis. »Das macht ihn so paradiesisch.«

Ich nicke, denn genau so muss es im Paradies aussehen.

Am Ende umarmen Markos und Adonis sich noch mal freundschaftlich, dann tuckert Markos wieder davon, um uns am Nachmittag wieder abzuholen.

Wir breiten unsere Handtücher aus. »Jetzt siehst du mal, was der Junge so draufhat«, sagt Adonis zu Sophia. Sophia sieht dem Boot hinterher. »DIESER Junge!« Adonis zeigt auf sich und öffnet dann gut gelaunt seinen Rucksack. Heraus zieht er Cracker, Gebäck, geschnittene Melone, Tomaten und Gurkenstückchen in Boxen. Jannis hat Wasserflaschen im Rucksack und natürlich seinen geliebten Eistee.

Sophia und ich gucken uns an. »Ihr seid ja richtige Gentlemen!«, sagt sie.

»Na ja, ein bisschen hat Ya-ya uns geholfen«, gibt Adonis kleinlaut zu.

Fröhlich futtern wir das Picknick in uns hinein. Wir sitzen auf unseren Strandtüchern rings um das Essen herum, ich bohre mit meinen Zehen Löcher in den feinen Sand und kaue auf einem sehr leckeren gefüllten Gebäckteil herum.

»Dieser Eistee ist wirklich zuckersüß!« Sophia verzieht den Mund. »Tausendmal süßer als bei uns! Oma Käthe hätte gesagt: Da fallen einem ja schon beim Trinken die Zähne aus.«

»Hier in Griechenland ist alles süßer«, meint Adonis ernst. »Das ganze Leben ist süßer!«

Jannis und ich gucken uns an. Im Winter, als Jannis mal in der Schule Heimweh nach Griechenland hatte, hatte er mir erklärt:

»Hier in Deutschland ist nicht nur eine Sache anders, es ist einfach *alles* anders! Kakao zum Beispiel … in Griechenland wäre dreimal so viel Zucker drin, er würde unverschämt süß und gut schmecken, aber hier … es ist schon schön, aber irgendwie ist alles weniger süß. Alles ist blasser …«

Plötzlich habe ich das Gefühl, dass es in mir sprudelt wie Limonade, weil ich so glücklich bin, hier zu sein, mit Jannis und den anderen. Und ich verstehe genau, was Jannis damals meinte. Ja, wie süß das Leben unter der griechischen Sonne ist!

Panierte Schollen und Wasserwesen mit Kiemen

»Was machen wir jetzt?« Einen kurzen Moment habe ich wohl auf meinem Tuch gedöst, als ein Schatten auf mein Gesicht fällt. Adonis und Sophia liegen neben mir im Sand, Sophias Kopf auf Adonis' Schulter. »Mir ist langweilig …«, murrt Jannis. Er tippt mich mit dem Fuß an. »Gehen wir schwimmen, Luzy?«

»Klar«, sage ich etwas sonnenduselig. Ich blinzle zu Jannis auf, der über mir mit Schnorcheln, Flossen und Taucherbrille einen lustigen Anblick abgibt.

»Hier gibt es die unglaublichsten Fische der Welt!«

In dieser geschützten, flachen Bucht ist das Wasser viel wärmer als am anderen Strand. Jannis und ich lassen uns hineinplumpsen, und kurz darauf paddeln wir nebeneinander durchs knietiefe, glasklare Wasser über den Kieselgrund. Nahe der Felsen entdecken wir die schönsten Muscheln, die glattesten Steine und die hübschesten, bunten Fische, die ich je gesehen habe.

Immer wieder fasst Jannis mich unter Wasser am Arm und zieht mich mit sich, weil er etwas Besonderes entdeckt hat. Dann wieder ziehe ich ihn in die andere Richtung, um auf etwas zu zeigen. Mir kommt es vor, als würden wir wie Meeresbewohner unter Wasser leben. Wir unterhalten uns durch die Schnorchel hindurch, was wie »Kooooom schnoool, jooo hooir«, klingt. »Nooin, hooir, nooch schooner.« Wir prusten und lachen durch die Schnorchel, schlucken Salzwasser, rücken die Brillen wieder gerade und gehen weiter auf Entdeckungstour. Ich habe keine Ahnung, wie lange wir herumpaddeln. Im Wasser ticken die Uhren anders.

Irgendwann lassen wir uns müde und frierend, mit salzigen Lippen, aufgeweichter Haut und tropfenden Haaren in den warmen Sand fallen. »Wir müssen uns panieren!«, erkläre ich Jannis und drehe seitliche schnelle Runden im Sand, wie mein kleiner Bruder Piet es immer am Meer macht. Auf einmal vermisse ich den Kleinen und sehe ihn ganz deutlich vor mir. Ihm würde es an diesem Strand auch gefallen! Nach ein paar Umdrehungen halte ich an und fühle überall Sand. Aha, so sandig fühlt Piet sich also immer dabei …

Jannis guckt staunend zu. »Du siehst aus wie eine Scholle vorm Braten!« Und dann kugelt er mir hinterher. Sophia und Adonis liegen nun nicht mehr auf ihren Tüchern, sondern liefern sich im Wasser ein Wettschwimmen. Adonis ist jedes Mal schneller. Gerade gewinnt er schon wieder und dann noch einmal. Sophia flucht sehr laut. Ich höre sie sagen: »So, letzter Versuch.« Daraufhin Adonis' leicht hämisches Lachen und Sophia, die »Auf die Plätze, fertig, los« ruft. Dann flitzen sie wie zwei Schnellboote spritzend durchs Wasser zum Strand zurück. Sophia schreit: »Erste!« Die beiden rappeln sich auf. Adonis legt meiner Schwester brüderlich einen Arm um die Schulter: »Stimmt«, sagt er scheinheilig. Und dann: »Das war gelogen, *Koucla mou.* Du hast leider keine Chance gegen mich, Püppchen!«

»Habe ich doch«, schmollt Sophia.

»Sorry, aber gegen einen Griechen, der so gut wie im Meer aufgewachsen ist … da kannst du mit deinem Schwimmtraining im Hallenbad einpacken«, woraufhin er von meiner Schwester ins Wasser geduckert wird.

Wir schwimmen, chillen, essen, chillen, schnorcheln. Und dann panieren wir uns noch mal, diesmal alle vier. Danach setzen wir uns auf ein paar kleine Felsen im Schatten der Bucht.

»Ich habe das Gefühl, ich werde gerade selbst zum Fisch«, bemerkt Sophia. Sie betrachtet ihre verschrumpelten Hände.

»Ob man wohl irgendwann zum Wasserwesen wird, wenn man richtig lange drin ist?«, fragt Jannis.

»Aber sicher«, meint Adonis. »Dann wachsen dir Flossen und Kiemen.« Er zieht Sophia am Ohr. »Guck mal, hier bei Sophia fängt es schon an.«

Ich versuche, mir die verfilzten Locken aus dem Gesicht zu streichen. Da flüstert Jannis mir zu: »Guck mal Adonis an!«

Adonis sind weder Flossen noch Kiemen gewachsen, dafür stehen seine Haare komplett wild und ohne ein Fitzelchen Gel vom Kopf ab. Sophia, Jannis und ich prusten gleichzeitig los. »Was ist? Sehe ich so gut aus?« Adonis' sieht von einem zum anderen. »Warum guckt ihr denn so! Hat jemand mal einen Spiegel für mich?«,

»Den brauchst du nicht. Du hast eben nur einen etwas anderen Look heute«, sagt Sophia.

»Dann bin ich ja beruhigt.« Grinsend streicht Adonis sich eine salzige Strähne aus dem Gesicht.

Inzwischen haben die meisten anderen Badegäste den Strand wieder mit ihren Booten verlassen. Als wir weit draußen einen Motor tuckern hören, horchen wir auf. Ich schirme meine Augen gegen die Sonne ab. »Das ist Markos«, rufe ich.

Wir laufen Markos in seinem Boot durchs flache Wasser entgegen. Er sagt etwas auf Griechisch, und Jannis und Adonis nicken. »Es soll heute noch Gewitter geben, darum sollen wir uns beeilen«, erklärt Adonis. »Schnell!«

»Ja, schnell«, wiederholt Markos. Er guckt zu Sophia: »*Nice color!*« Er zeigt auf Sophias braun gebranntes Gesicht, das sich auf der Stelle rot verfärbt.

Ich gucke in den Himmel über uns, der weiter strahlend blau ist, nur vereinzelte weiße Wölkchen. Flink haben wir alles im Boot verstaut und klettern nacheinander hinein. Da erst fällt mir auf, dass ich heute kein einziges Mal mehr an Phileas' Laden oder den Streit von Jannis' Eltern gestern Abend gedacht habe.

Als wir an Land ankommen und vom Boot klettern, sind die weißen Wölkchen über uns verschwunden. Stattdessen türmen sich dunkelgraue Wolkenberge auf, und die Luft fühlt sich stickig und dick an.

»Das gibt mal einen richtigen Pladderguss«, sagt Jannis, als wir uns von Markos verabschiedet haben und mit den Rädern schnaufend den steilen Berg hochfahren. Das erste Donnern in der Ferne untermalt seine Worte. »Und das war das Ende vom schönsten Ferientag aller Zeiten …«, sage ich. In dem Moment blitzt es.

»Krass! Gut, dass wir zu Hause sind«, meint Sophia. Sie springt leichtfüßig vor unserem Häuschen vom Rad und läuft unter das schützende Terrassendach. »Das war wirklich ein super Tag«, sagt sie. Auch wir anderen drei schwingen uns von den Rädern, um nach drinnen zu laufen. Die ersten dicken Tropfen fallen.

Ich sage leise »Danke«.

Trotz Donnergrollen hat Jannis mich gehört. Er nickt mir zu, und ich spüre ein wohliges Gefühl im Bauch. »Gerne, du panierte Scholle.«

Im nächsten Moment fängt es richtig an zu schütten, und wir stürmen alle in unsere Häuser.

»Was ist? Kapierst du, worum es geht?« Ich stoße Sophia beim Frühstück an. Nach dem tosenden Gewitter von letzter Nacht zirpen und surren die Insekten an diesem Morgen lauter, und die Vögel zwitschern aus vollen Schnäbeln.

Meine Schwester spitzt wie ich die Ohren, aber scheinbar reicht auch ihr Griechisch, trotz Lern-App, nicht aus.

Wir vier stehen mit Ya-ya in der Küche, die beiden Jungs unterhalten sich in düsterem Ton. Auf der Terrasse ist vom Regen noch alles pitschnass, und wir haben uns für ein Frühstück drinnen entschieden – genau genommen essen wir duftende, warme Croissants direkt aus der Brottüte. Auch wenn das Meer wie immer in der Ferne glitzert, fühlt sich heute alles anders an. Irgendwas muss gestern Abend, nachdem Sophia und ich nach dem Essen ins Bett gegangen sind, noch passiert sein. Nicht nur die Luft hat sich über Nacht abgekühlt, sondern offenbar auch die Stimmung. Die warme Leichtigkeit von gestern ist wie weggepustet, Jannis und Adonis haben düstere Mienen. Ich habe keine Ahnung, was los ist.

Wo hat sich nur die Luzy-Superkraft versteckt?

Erst hatten Jannis und Adonis uns normal in der Küche begrüßt – bis Ya-ya dazukam und etwas gesagt hat, worüber sich Adonis und Jannis furchtbar aufgeregt haben. Und sie regen sich noch immer auf. Adonis redet ohne Pause, sehr schnell und sehr laut auf Griechisch, seine Stimme überschlägt sich fast. Jannis hat sich hingesetzt und starrt mit leerem Gesichtsausdruck auf die Tischplatte vor sich. Den Kopf in die Hände gestützt, murmelt er hier und da etwas Unverständliches vor sich hin. Ich glaube, er weint.

Ich denke an meine Superkraft: Superluzy zu sein und Probleme anzusprechen, anstatt sie unter den Tisch zu kehren. Darum nehme ich all meinen Mut zusammen und frage beherzt in die Runde: »Kann mir mal einer sagen, was hier los ist?«, aber anstatt zu antworten, reden die drei einfach weiter in ihrer Sprache.

Adonis sieht vor allem wütend aus, Jannis ist ganz in sich zusammengesunken, nur Oma Ya-ya lächelt, ihre Stimme ist sehr ruhig. Sie streicht Jannis über den Kopf. Sophia tritt von einem Bein aufs andere, räuspert sich und versucht, sich bemerkbar zu machen. Irgendwann wird es ihr schließlich zu bunt. Sie dreht sich mit einem Seufzer zum Gehen, und ich folge ihr durch die Tür nach draußen.

»Was ist bitte los hier?«, frage ich meine Schwester.

Sophia zuckt die Schultern. »Keine Ahnung. Und warum regen die Jungs sich darüber so auf?«

Ich versuche, mein müdes Ferienhirn – ehemals Superluzy-Hirn – anzustrengen, das aber eigentlich viel lieber wieder schnorcheln, sonnen, supersüßen Eistee trinken und Scholle spielen würde.

»Sollten wir nicht eigentlich heute wieder arbeiten?«, fragt mich Sophia.

»Stimmt, aber wenn …« Ich werde unterbrochen.

»*Ladies!*«, Adonis taucht hinter uns auf. Er sieht irgendwie zerrupft aus. Gegen diese Stimmung kommt noch nicht mal sein Haargel an.

»Was ist denn bitte los?«, flüstert Sophia. Sie legt ihm die Hand auf den Arm.

»Es ging gestern Abend schon darum, dieser Cousin hat abgesagt, er übernimmt den Betrieb nun doch nicht. Sie haben es uns gestern Abend schon erzählt, aber heute Morgen wollten sie noch mal mit ihm reden – scheinbar ohne Erfolg. Meine Eltern wollen nicht die Letzten sein, die gehen. Ihnen reicht's jetzt endgültig, vor allem meiner Mutter. Sie wollen alles verkaufen – alles abbrechen und komplett nach Deutschland ziehen. Ohne Rückfahrkarte. Für immer«, antwortet Adonis knapp.

Sophia und ich starren ihn mit offenem Mund an.

»Im Ernst jetzt? Aber es hieß doch immer, dass ihr zurückkommt«, flüstert Sophia. »Sorry, aber das können sie doch unmöglich ohne euch entscheiden!«

»Klar können sie das. Meine Eltern haben die großen Dinge schon immer ohne uns entschieden.« Adonis' Stimme klingt bitter und ungewohnt genervt. Seit ich ihn kenne, habe ich ihn nur gut gelaunt erlebt – selbst im Winter, als alle anderen, samt Esel, heimwehkrank und trüber Stimmung waren.

»Aber … aber …« Ich versuche zu kapieren, was das alles bedeutet. »Dann habt ihr also nichts mehr zum Wohnen hier … Das Haus und alles … wird verkauft?«

»Jep«, macht Adonis.

»Na super«, murmelt Sophia.

»Meine Eltern meinen, der Ort hat keine Zukunft mehr. Jetzt, ohne Laden, erst recht nicht. Meine Mutter zieht es schon lange zurück nach Deutschland, und jetzt ist für sie der Moment gekommen, hier alles aufzugeben«, fasst Adonis zusammen. »In den Ferien können wir ja immer noch herfahren, meint sie. Als ob das das Gleiche wäre.«

Wir drei starren vor uns hin, hinter uns hören wir Jannis und seine Großmutter leise miteinander reden. Schließlich sagt Adonis mit belegter Stimme: »Ya-ya wird ihre kleine Wohnung hinten im Haus behalten, wir können also zur Not bei ihr übernachten, wie Dimitri jetzt. Oder bei Nikos in der Stadt, aber wir haben hier kein Zuhause mehr.«

»Alle ziehen weg«, fasst Sophia sachlich zusammen. »Alle wollen weg.«

»So ist es. Wenn du mich fragst, ist Nikos der Nächste, der von der Insel abhaut. Das Familienunternehmen hier hat ihn sowieso noch nie interessiert. Er redet nur von Start-ups, Immobilien renovieren und neuen Geschäftsideen«, murmelt Adonis.

Wieder Stille. Auf einmal fällt mir auf, dass das Gespräch hinter uns verstummt ist. Ich drehe mich um und sehe Ya-ya nun allein auf der Holzbank sitzen. Jetzt ist sie diejenige, die den Kopf in die Hände gestützt hat und aufs Meer guckt.

»Jannis ist weg«, sage ich leise.

Adonis dreht sich kurz um und zuckt dann die Schultern. »Wundert mich nicht. Das ist ja auch zum Weglaufen. Genau vor einem Jahr haben meine Eltern schon mal plötzlich ihre Meinung geändert. Als unsere Schule geschlossen wurde, haben wir gemeinsam, zu fünft, entschieden, nach Deutschland zu ziehen. Aber im letzten Moment sind meine Eltern einfach hiergeblieben, weil ihnen das Ehepaar, das den Betrieb übernehmen sollte, doch nicht gefiel. Nikos, Jannis und ich hatten die Nase voll und sind alleine losgefahren. Alles war schließlich schon organisiert, wir hatten unseren Platz in der deutschen Schule und freuten uns auf das Abenteuer. Dass Elena uns bei sich aufgenommen hat, war ein riesiges Glück.«

Ich schnaube tief aus und nicke. Und verstehe. Sogar sehr viel auf einmal. Mein Hirn muss das alles erst mal verarbeiten. Mit Eltern, die Dinge über den Kopf ihrer Kinder hinweg entscheiden, kenne ich mich aus – ja, ich bin da so eine Art Expertin auf dem Gebiet –, aber gegen das hier sind meine eigenen Eltern ja wirklich reinste Lämmchen.

Adonis sieht auf sein Handy: »Mist, einer muss den Laden aufmachen. Wir müssen unbedingt los. Ändern können wir ja sowieso nichts.«

Sophia nickt. Sie sieht fragend zu mir. Ich denke noch über Adonis' Satz nach. Ich murmele: »Vielleicht kann man aber doch etwas ändern. Wir können das doch nicht einfach so hinnehmen!« Mich erinnert der ganze Schlamassel an den letzten Winter. Als Nikos Tzatziki einfach mit nach Griechenland nehmen wollte, weg von Jannis und weg von meinem Opa, und ich mich dagegen gewehrt habe.

Adonis zuckt mutlos die Schultern. »Keine Ahnung.«

»Ich suche erst mal Jannis. Danach kommen wir beide zu euch, okay?«, sage ich.

»Hast du denn eine Ahnung, wo er sein könnte?«, fragt mich Adonis ratlos.

Ich zucke die Schultern. »Ehrlich gesagt nicht.«

»Ich würde als Erstes bei Tzatziki gucken. Wenn was ist, ich habe mein Handy dabei.« Adonis nimmt Sophias Hand. »Gehen wir?«

Ich gucke den beiden hinterher, wie sie die Schotterstraße

hinuntergehen und Sophia auf Adonis einredet. Dann drehe ich mich einmal um die eigene Achse, in der Hoffnung, einen supergenialen Einfall zu kriegen, aber leider Fehlanzeige, mein Kopf ist luftig und leer wie Zuckerwatte. Ich starte einen mutigen Versuch, mit Jannis' Großmutter zu reden, der aber an meiner mangelhaften Gebärdensprache scheitert, keine Spur vom Talent meines Opas. Aber wo ist Opa Peter überhaupt? Ich lächle Ya-ya höflich zu, nicke dabei zu allem, was sie auf Griechisch sagt, und verschwinde winkend, den Hang abwärts, in Richtung Stall.

Eine Mission für Pfadfinder Tzatziki

»Tzatziki!«, begrüße ich den Esel schon von Weitem. Er hebt den Kopf. Ich bin schon zum zweiten Mal beim Stall, diesmal mit Erfolg, denn Tzatziki grast friedlich auf der Wiese davor. Beim ersten Mal war er nicht da, sondern mit meinem Opa unterwegs – das habe ich später von Adonis gehört. Opa Peter und ich haben uns heute gleich mehrmals verpasst. Ich habe zahlreiche Runden durch den Ort und die Hügel gedreht. Aber wo mein Opa jetzt wieder ist? Keine Ahnung. Bei Jannis' Familie herrscht mittlerweile große Aufregung, auf einmal machen sich alle Sorgen, denn er ist nun schon mehrere Stunden verschwunden.

»Hast du ihn gefunden?« Wieder Alex' aufgebrachte Stimme in meinem Handy. Das hier ist dann wohl der Notfall, für den ich es mitgenommen habe. Wie oft Alex heute schon angerufen hat, weiß ich nicht. Ich habe beim sechsten Mal aufgehört zu zählen. Ich verneine und lege auf.

»Luzy! Du hast ihn noch nicht gefunden, oder?«, jetzt ruft Adonis aus dem Laden an.

»Nope«, antworte ich.

Alle suchen Jannis, gefühlt die ganze Insel. Aber bisher keine Spur von ihm. Bis heute kam mir die Insel richtig klein vor, aber seit dem Morgen erscheint sie mir unendlich groß. Und es ist, als würde sie stündlich größer werden. Es gibt so viele Ecken, wo Jannis sein könnte. »Vielleicht ist er auch mit irgendwem mit dem Boot mitgefahren, dann können wir hier lange suchen«, meint Adonis noch. Ich nicke, was er natürlich nicht sieht, und lege dann auf.

Der eingezäunte Auslauf am Stall erinnert an Opa-Hausen, bloß mit dem entscheidenden Unterschied, dass dort fünf Hühner wohnen und nicht fünfzehn wie hier! Als ich durch die Pforte gehe, schwillt das Gegacker an. Aufgeregte Hühner flattern um mich herum. Ein Huhn (ist es vielleicht Huhn Acht?) fängt an, an meinen Schnürsenkeln zu picken, das andere (das, mit dem braunen Gefieder, es könnte Dreizehn sein) stößt mich von hinten mit dem Köpfchen an. Scheu sind die auf jeden Fall nicht! Tzatziki kommt auf mich zugetrabt und schnaubt mir auf die Hand.

»Tzatziki! Bringst du mich zu Jannis?«

Der Esel spitzt die Ohren und sieht mich ruhig an. »Jannis?«, wiederhole ich. Ein Ohr klappt nach vorne, das andere bleibt aufmerksam stehen, als würde er lauschen. Dann tippt er mich mit der Schnauze an. Ich öffne wieder die Pforte und lasse ihn vor mir herausspazieren – nachdem ich mich vergewissert habe, dass kein Huhn neben mir entwischt. Ich lege die Hand auf den Eselrücken, und so ziehen wir los, den Hang abwärts, auf einem kleinen, zugewachsenen Pfad, über eine breite Wiese mit stacheligen Büschen und bunten Blumen.

»Wenigstens bist du nicht so hektisch wie die anderen«, lobe ich Tzatziki. »Obwohl … langsam frage ich mich, ob ich mir vielleicht auch Sorgen um Jannis machen sollte. Komisch ist es schon.« Ich spüre einen Schauer auf meinem Rücken. Ich seufze, und mein Begleiter schnauft leise. »Weißt du, Tzatziki, Jannis' Eltern drehen gerade durch, weil sie nicht wissen, wo er ist. Aber warum treffen sie auch so dämliche Entscheidungen?« Tzatziki schnaubt wieder, es klingt irgendwie verächtlich. »Verstehe, du bist also auch nicht einverstanden damit!«, sage ich.

Da dreht Tzatziki den Kopf in meine Richtung und schüttelt sich. Ich ducke mich weg vor der Staubwolke, die ihm vom Fell rieselt. »Weißt du, man kann doch nicht alles ohne seine Kinder entscheiden! Einfach das Haus verkaufen! Das geht doch nicht!«

Tzatziki nickt, also rede ich weiter. »Meine Eltern sind auch nicht immer toll, aber das hier ist ja wohl echt der Gipfel! Vielleicht hätte Jannis ja selbst auf das Haus sparen wollen!« Als Tzatziki nun den Kopf schüttelt – um eine Fliege zu verscheuchen –, muss ich lachen. »Okay, ich gebe zu, die Idee ist Quatsch. Aber ernsthaft, sie können den Jungs doch nicht ihr Zuhause wegnehmen! Seit ich hier bin, bin ich selbst ganz verliebt in …

in die Insel.« Mir steigt die Hitze auf. Ich versuche, meine Gedanken zu sortieren. Ich spüre, wie Tzatziki mich ansieht und ziehe entschuldigend die Schultern hoch. Dann richte ich mich zu voller Größe auf und sage laut folgenden Satz: »Tzatziki, du wirst sehen: Superluzy wird dafür sorgen, dass ihr Freund Jannis sein Zuhause hier behalten kann!« Bei diesem Gedanken schlägt mein Herz schneller, und für einen Moment meine ich, wirklich Superkräfte zu spüren. Schließlich ist es mir auch gelungen, im letzten Sommer ein Zuhause für die Tiere zu finden und danach eine Lösung, um Tzatziki aus seiner trüben Winterstimmung zu holen!

Plötzlich bleibt der Esel ruckartig stehen, und mir fällt auf, dass ich überhaupt nicht mehr auf den Weg geachtet habe. Wir sind den ganzen steilen Berg abwärts gestolpert – und das ziemlich lange. Wir stehen an einer einsamen Schotterstraße am Meer.

»Und nun?«, frage ich.

Tzatziki regt sich nicht. Ein paarmal blinzelt er mit den Augen, sodass seine langen Wimpern auf und ab wippen, dann macht er sie zu. »Hä? Du schläfst doch wohl jetzt nicht etwa?«

Das wäre ja noch schöner, als würde der Held im Film an der spannendsten Stelle eindösen! Ich stupse ihn an. Keine Regung. Vielleicht muss mein grauer Freund sich konzentrieren, orientieren, koordinieren oder was auch immer.

»Tzatziki! Haaallo?« Ich wedele mit den Händen vor seinem felligen Gesicht herum. »Hey, du! Wo ist Jannis?«

Stille. Ich spüre eine leichte Unruhe, denn allein würde ich den Weg nicht so leicht wieder zurückfinden. »Wo ist Jannis?«

»Woher soll ich das wissen?« Als ich mir gerade vorstelle, wie unheimlich das wäre, wenn Tzatziki mit tiefer Stimme antworten würde, dreht der Esel sich mit einem Ruck nach links und spaziert langsam wieder los. »Na endlich«, murmle ich. Vorsichtig überqueren wir beide die Straße, meine Hand auf seinem Rücken. Wir biegen im Zickzack ein paarmal rechts und links ab. Dicke, struppige Büsche säumen den Weg. »Also, ich gehe mal fest davon aus, dass du weißt, wohin du uns führst, Tzatziki«, murmle ich. Ich glaube, ich spüre ein Nicken unter meiner Hand auf dem Fell. Einige schmale, steinige Wege später bleibt Tzatziki wieder stehen. Ich recke den Kopf in alle Richtungen. Jetzt sind wir auf einem Privatgrundstück gelandet, darauf deutet zumindest die rostige Pforte hin. Dahinter ist es zugewachsen. Das Grundstück scheint verlassen, ein bisschen unheimlich und gleichzeitig verwunschen schön ist es hier. Die Vögel zwitschern auf einmal lauter, und die Bienen summen, als wären sie allein auf der Welt oder zumindest schon sehr lange nicht mehr von Menschen gestört worden. Tzatziki und ich stehen nur wenige Meter von einem Strand mit puderweißem Sand entfernt, der durch ein Guckloch im dichten Gebüsch in der Sonne leuchtet. Ein großer, knorriger Baum über mir überragt alles.

»Luzy, mutig sein!«, sage ich leise zu mir selbst, gucke mich dabei aber ängstlich um. Als es in nächster Nähe knackt, kriege ich den Schreck meines Lebens – sehen kann ich jedoch niemanden. Dann knackt es wieder. Hilfe suchend gucke ich zu Tzatziki, der ebenfalls lauscht, mit aufgestellten Ohren und gespannten Muskeln. Ich drücke mich an ihn.

»Luzy!«, höre ich eine bekannte Stimme, und das ist nicht die Stimme von Tzatziki. Ich drehe mich langsam einmal um mich selbst, entdecke aber niemanden. »Luzy, hier!«

Die Stimme kommt von oben. Jetzt raschelt es noch lauter im dichten Blätterwerk, und ich sehe … Jannis, mit baumelnden Beinen, auf einem Ast über mir sitzen. »Willst du hochkommen?«, fragt er, als wäre das die normalste Sache der Welt. Als wären wir nicht gerade komplett im Nirgendwo, als wäre nicht seine gesamte Familie in Aufruhr und als hätte ich selbst mir beim Suchen nicht wirkliche Sorgen gemacht, nicke ich froh und sage: »Klaro.«

Mit baumelnden Beinen im Baum

»Alle suchen dich.« Als Reaktion darauf streckt Jannis mir wortlos von oben die Hand entgegen. Er sieht zerzaust aus, sein T-Shirt ist dreckig, und er hat ein bisschen Sonnenbrand auf der Nase. Das übrige Gesicht ist noch brauner geworden. Unter uns höre ich Tzatziki schnauben.

»Meine Eltern machen immer das, was *sie* wollen. Wir Kinder werden einfach nicht gefragt«, sagt Jannis. Er zieht mich am Arm hoch, sodass ich neben ihn auf den dicken, knorrigen Ast klettern kann. Ich ruckle mich behaglich zurecht. Dieser Baum ist viel bequemer als erwartet. Als ich mich von hier oben umsehe, entdecke ich nur wenige Meter entfernt ein ziemlich heruntergekommenes graues Haus. Jannis erzählt: »Das ist Dimitris Haus, es steht seit Jahren leer.«

»Gehört es ihm immer noch?«

»Ja, aber er ist damals Hals über Kopf dort ausgezogen. Ich

erinnere mich kaum daran, ich weiß nur noch, dass er plötzlich weg war.«

»Wie schade um das schöne Haus«, sage ich. Und dann leiser: »Jannis, es tut mir so leid, dass deine Eltern jetzt ganz von hier weggehen wollen, aber … Du kannst dir das auf keinen Fall gefallen lassen.«

»Ich weiß. Darüber denke ich seit heute Morgen nach.«

»Jemand muss ihnen sagen, dass das so nicht läuft. Eltern können sich ändern, ich habe es bei meinen eigenen gesehen.«

»Meinst du?«

»Yep. Ähm, na ja, ein bisschen jedenfalls.«

Jannis sieht skeptisch aus. »Weißt du, Luzy, dieser Platz hier auf dem Baum war schon immer der perfekte Ort zum Nachdenken. Aber diesmal haut es einfach nicht hin. Es ist zum Mäusemelken!«

Zum ersten Mal müssen wir beide heute lachen. »Apropos Mäusemelken. Hast du mit deinem Opa über den Umzug gesprochen?«

Ich rolle die Augen. »Nein. Es war wie verhext, den ganzen Tag über haben Opa Peter und ich uns verpasst, erst war er zum Kaffee bei der Töpferei, dann war ich wieder weg. Aber ich kann mir auch so denken, was er sagen würde: Luzy, das muss Jannis mit seinen Eltern allein klären, das ist eine Familienangelegenheit … das ist nicht unser Bier.« Ich mache Opa Peters tiefe Stimme nach. »Aber das sehe ich total anders! Du bist mein

Freund, und wenn ein Freund Hilfe braucht, bin ich für ihn da«, sage ich entschieden. »Ich … ähem, nun ja, das Problem ist nur, ich habe leider keine Ahnung, was ich tun könnte.«

»Zu dumm. Ich nämlich zufälligerweise auch nicht.« Jannis verzieht den Mund zu einem Minilächeln und hebt die Schultern bis zu den Ohren. Ich sehe, dass sich seine Wangen bei meinen Worten ein bisschen rot verfärbt haben.

Obwohl hier alles einfach nur bizarr ist, bin ich tief in mir drin glücklich. Weil ich Jannis wiedergefunden habe, weil wir zusammen sind und weil wir ein super Team sind.

Ich räuspere mich und sage mit lauter Stimme: »Sie dürfen eurer Haus nicht verkaufen, das ist ziemlich einfach und sonnenklar.«

»Mama und Papa dürfen nicht verkaufen, das ist sonnenklar«, wiederholt Jannis. »Ja, genau so ist es. Darum müssen sie jemanden finden, der sich für die nächsten Jahre um den Hof kümmert, jemand wie Nikos. Aber der will ja nicht …«

Motorengeräusch auf dem einsamen Weg. Tzatziki macht unter unseren baumelnden Füßen einen kleinen, erschrockenen Satz nach links. Jannis und ich klammern uns vor Schreck aneinander. Mit Besuch haben wir hier an diesem verlassenen Ort nun wirklich nicht gerechnet! Wir gucken nach unten – und sehen dort einen weißen, scheppernden, offenen Geländewagen neben Tzatziki anhalten. Fragend gucke ich zu Jannis, der mir ein Zeichen gibt, still zu sein.

Also warten wir und spähen vorsichtig durchs dichte Blätterwerk nach unten. Da ruft eine bekannte Stimme: »Jannis! Kleiner! Ich sehe deine Füße! Was machst du da oben?«

Wenn man vom Teufel spricht … Die Stimme kenne ich nur zu gut, aber ich habe sie lange nicht gehört.

Sehr lange. Seit dem Winter nicht mehr.

Jannis stößt einen überraschten Schrei aus, und im nächsten Moment springt er vom Ast. Äußerst elegant schwingt er sich direkt in Richtung offenes Beifahrerfenster, wo er – mit den Füßen zuerst, neben seinem großen Bruder Nikos auf dem Sitz landet. Durch eine Lücke im Laub kann ich die zwei unter mir im Fahrerhäuschen sehen.

Die Brüder gucken sich an. »Hi!«, höre ich Nikos durchs offene Fenster.

»Hallo«, sagt Jannis, plötzlich irgendwie schüchtern. Dann boxt Nikos Jannis in die Schulter, und die zwei fallen sich in die Arme. Unentschlossen, was ich tun soll, wippe ich auf meinem Ast herum, entscheide mich dann aber dafür, erst mal still sitzen zu bleiben. Die beiden reden sehr schnell auf Griechisch miteinander, und ich habe das Gefühl, dass Jannis anfängt zu weinen. Dann lachen sie beide, dann weinen sie scheinbar wieder.

Eine Weile beobachte ich das Ganze geduldig vom Baum aus. Als Nikos dann aber zum Zündschlüssel greift und ich mir ernsthaft Sorgen mache, dass sie mich hier oben vergessen könnten, lasse ich mich lautlos in Richtung Wagen sinken – und komme mir dabei ein bisschen vor wie die Schlange im Dschungelbuch. Nur mit dem feinen Unterschied, dass ich, weniger elegant als

Schlange Kaa – und auch als Jannis eben –, mit einem lauten Rumms hinter den beiden auf der Ladefläche lande. Tzatziki neben dem Wagen macht einen kleinen Satz in die Luft.

Nikos' Kopf fährt herum. »Luzy!«, ruft er mir ehrlich verblüfft durchs offene Seitenfenster zu. »Du hier!« Er zeigt mit offenem Mund auf mich auf der Ladefläche. Dann fangen wir alle drei an zu lachen. Ich rapple mich auf, springe vom Wagen und klettere vorne ins Fahrerhaus auf die Rückbank.

»Meine Güte, Luzy.« Nikos wischt sich mit dem Handrücken über die Stirn. »Ich wusste wirklich nicht, dass du da oben auf dem Baum hockst.« Jannis lächelt mir aus verweinten Augen zu. »Du schon?«, fragt Nikos seinen Bruder.

Jannis nickt.

»Ihr zwei wieder …«, meint Nikos kopfschüttelnd. »Und nun?« Er dreht sich zu mir um und guckt dann wieder zu Jannis. »Was machen wir jetzt? Erst mal die Eltern anrufen!« Nikos guckt auf sein Handy. »Ha! War ja klar, kein Empfang in diesem Kaff. Dann sollten wir jetzt aber los.« Er zieht die Augenbrauen zusammen »Du wirst vermisst, Jannis.« Er steigt aus, öffnet die quietschende Klappe und lässt Tzatziki hinten auf die Ladefläche steigen. »Oder, um es anders zu sagen: Die halbe Insel ist in heller Aufregung!« Nikos lässt sich wieder auf den Fahrersitz fallen und wirft die Tür zu. »Als ich gehört habe, dass du weg bist, bin ich dich sofort suchen gefahren.«

»Woher wusstest du denn, dass ich ausgerechnet hier bin?«, will Jannis wissen.

»Na ja, man kann nicht sagen, dass ich vorher nicht schon *einige* andere Orte abgefahren bin. Aber dann kam ich auf diese geniale Idee … ich war ewig nicht hier! Weißt du, Luzy«, er dreht sich wieder zu mir um, »das hier war immer unser Lieblingskletterbaum. Auch als unser Onkel Dimitri schon längst in Deutschland wohnte, waren wir oft bei seinem Haus hier. Bevor er es leer geräumt hat, hat er einige Jahre lang noch im Winter hier gewohnt. In Deutschland hat Dimitri für die Zeit seinen Laden zugemacht.«

»Stimmt!«, rufe ich. »Das weiß ich noch! Ich erinnere mich, wie ich früher bei meinem Opa war und er dann total entsetzt vom Einkaufen kam und meinte: »Es ist wieder so weit! Der nette Tante-Emma-Laden hat Winterpause! Wo soll ich mir denn in den nächsten Wochen bitte meine Milch kaufen?«

»Tja, da war Dimitri dann immer bei uns …«, sagt Nikos. »Bis er irgendwann nicht mehr gekommen ist. Das Haus steht schon viele Jahre leer, es ist ein Jammer, dass es so verkommt …« Nach einer Pause redet er weiter: »Jannis, Kleiner, du weißt, du kannst immer bei mir wohnen, wenn Papa und Mama hier echt weg sind, okay? Irgendwann ist auch unser Häuschen am Hafen fertig. Ich bleibe auf der Insel und ziehe nicht weg, versprochen. Helena übrigens auch nicht.« Jetzt lächelt er.

»Aber ich will nicht, dass sie alles verkaufen. Ich will ja *unser* Haus behalten«, Jannis flüstert fast. Ich spüre, wie mir die Worte richtig im Herzen wehtun.

»Ich weiß.« Niko nickt und wirft Jannis einen langen, ernsten

Blick zu. Dann startet er den Motor und fährt langsam rückwärts den schmalen Sandweg entlang, wobei wir uns vor den Ästen wegducken müssen, die sich immer wieder durch die offenen Fenster biegen.

Jannis schlägt zurück

Am Ende des Weges angekommen, wendet Nikos den Wagen, und wir fahren wieder zurück auf die Küstenstraße, von der Tzatziki und ich gekommen sind. Nikos hält Jannis einen Monolog auf Griechisch – bis sie dann ins Deutsche wechseln, sodass ich zuhören kann. Ich gucke aus dem Seitenfenster und lausche.

»Jannis, Mama und Papa machen, was sie wollen. Sie treffen stur ihre eigenen Entscheidungen. Das wird sich nie ändern.«

»Aber das dürfen sie nicht!«, murrt Jannis.

»Na ja, scheinbar doch. Und sie tun es immer wieder. Siehst du ja«, sagt Nikos düster. »Sie haben in diesen Dingen noch nie nach unserer Meinung gefragt.«

»Aber genau das ist es ja gerade!«, wiederholt Jannis trotzig. »Und das mache ich nicht mehr mit. Dagegen wehre ich mich … ich … weiß nur noch nicht, wie.«

»Und ich helfe dir dabei, Jannis«, sage ich von der Rückbank aus. Ich beuge mich ein Stück vor. »Ich sag nur: Superluzy.«

Jannis grinst mir durch den Rückspiegel zu, und mein Herz hüpft.

»Kinder, das könnt ihr vergessen«, sagt Nikos matt. »Das wird nichts.« Jannis streckt seinen Daumen zu mir hoch, und ich nicke sehr doll mit dem Kopf. Nikos seufzt tief und sagt dann nichts mehr. Schweigend fahren wir die Berge hoch. Jannis dreht an der Musikanlage am Armaturenbrett herum. »Krass, du hast ja wirklich noch eine CD hier drin!«, unterbricht er die Stille. Ruhiges Gitarrenspiel erklingt.

Ich rufe: »Das ist ja ›Weiße Rosen aus Athen‹!« Das Lied kenne ich von der Lagerarbeit mit Jakob und Jannis im letzten Winter. Nikos nickt und summt mit. Danach kommt ein anderes deutschsprachiges Lied, das ich noch nie gehört habe. Jetzt summen Nikos und Jannis beide mit. Auf einmal weiß ich, dass ich heute Abend unbedingt Papa und Mama anrufen will. Dieser Tag ist eine totale Achterbahnfahrt: Am Morgen fühlte sich alles nach Weltuntergang an, am Nachmittag, mit Jannis auf dem Baum, lugte trotz Untergangsstimmung auf einmal die Sonne hervor, und ich war gar nicht mehr einsam. Weil ich wusste, dass Jannis und ich es zusammen schaffen werden. Nikos' Kommentar eben hat wieder eine dunkle Wolke vor die Sonne geschoben, aber nur eine kleine. Denn trotz allem spüre ich noch immer meine Superkraft. Meine Luzykraft.

Jannis und ich werden uns für die Gerechtigkeit einsetzen

und den Eltern zeigen, dass man Entscheidungen nicht einfach ohne seine Kinder trifft.

»Jannis.«

»Hm?«, macht er von vorne.

»Wir schaffen das«, sage ich.

»Also mit mir könnt ihr leider nicht rechnen, den Familienbetrieb übernehme ich nicht«, sagt Nikos. »Und Phileas' Laden erst recht nicht. Da oben ist es mir echt zu öde, und die Leute sind zu alt.«

Ich nicke. *Tick!*, setze ich innerlich einen Haken hinter die Idee, dass wir Nikos überreden können. Dann müssen wir also eine andere Lösung finden. Das wäre ja auch zu einfach gewesen.

Wir sind zurück. Alle umringen Jannis. Aber Jannis hat keine Lust, umringt zu werden. Und ich sehe ihm an der Nasenspitze an, dass er erst recht keine Lust hat, von seinen Eltern gedrückt zu werden. Er sieht leicht genervt aus, als er sich aus der Umarmung seiner Mutter und gleich darauf aus der seines Vaters befreit.

Wir alle sind in Jannis' Zimmer, und ein paar Leute stehen auf der kleinen Terrasse davor. Als wir mit Nikos im Auto ankamen, wollte Jannis sich direkt verkrümeln, die Tür zumachen und alleine sein, aber seine Eltern, Ya-ya und zahlreiche Nachbarn, Nachbarinnen und Bekannte sind ihm gefolgt. Ya-ya ist dann in die Küche verschwunden, um für Jannis sein Lieblingsgericht zu kochen. Wie seltsam ist das, bitte! Anstatt dass sie versuchen zu verstehen, warum Jannis abgehauen ist, tun sie so, als wäre er gegen seinen Willen gekidnappt worden oder so – dabei ist er ja selbst weggelaufen! Aus Frust!

Ich sehe mich in Jannis' Zimmer um, in dem ich bisher noch nicht gewesen bin. Ein typisches Jungenzimmer: Über einem gemütlichen Bett mit einem einsamen Teddybär auf dem Kopfkissen, hängen an der Wand Poster von einer griechisch aussehenden Sängerin, daneben eins von Ed Sheeran. Ich spüre eine Hand auf meiner Schulter. »Opa Peter!«

Ich sehe die wohlbekannten Lachfältchen. »Luzy! Du hast Jannis gefunden, das war großartig.«

»Na ja«, murmle ich. »Ich würde eher sagen, Tzatziki hat Jannis gefunden. Aber wennschon ... es ändert nichts daran, dass Jannis supersauer und megawütend ist. Und ich im Übrigen auch.«

Opa Peter sieht mich mit dem liebsten Opa-Blick der Welt an. »Ich weiß, Luzy. Aber ... das ist eine Familienangelegenheit, ich fürchte, da müssen wir uns raushalten, das ist nicht unser Bier.«

Ich spüre es in mir grollen, als würde ein Gewitter im Bauch aufziehen. »Warum hast du immer Verständnis für all die blödsinnigen Sachen, die Leute tun oder entscheiden? Warum bist du nie sauer auf jemanden? Das hier *kann* man einfach nicht verstehen. Es *kann* nicht sein, dass sie das ohne ihre Kinder entscheiden!« Meine Stimme klingt wie ein wütendes Zischen – vielleicht ein Überrest aus meiner kurzen Schlangen-Phase vorhin im Baum. Opa Peter legt mir die Hand auf den Arm und redet leise weiter, aber ich höre nur mit halbem Ohr zu. Er redet von Altersweisheit, Verständnis, Akzeptanz und Toleranz. Und er wirft noch mit ein paar anderen undurchsichtigen Fremdwörtern um sich. Das alles, zusammen mit dem griechischen Stimmengewirr im Raum, vermischt sich in meinem übervollen Kopf zu einem klebrigen Brei. Weil in mir aber weiter die Wut aufsteigt, fange ich innerlich an zu kochen. Irgendwie muss ich mir Luft machen. Ich sehe mich um und frage mich auf einmal, wo eigentlich Sophia und Adonis sind.

Plötzlich wird es im Raum lauter, ich höre vor allem Jannis' Eltern. Ihre Stimmen klingen erst noch sanft, aber dann irgendwie unfreundlich. Daraufhin erhebt Jannis die Stimme. Er sagt ein paar Sätze auf Griechisch, klar und deutlich, woraufhin alle anderen im Raum auf der Stelle verstummen. Jannis' Augen glühen, als könnten sie Wutblitze schießen – scheinbar ist das Gewitter in seinem Bauch noch größer als meins. Einer nach dem anderen schleicht still und stumm aus der Tür. Jannis' Mutter sagt zu mir leise im Vorbeigehen: »Luzy, kommt gerne später auf die Terrasse, da gibt es was zu essen. Ich weiß, dass das alles schwierig ist, für uns ja auch …«

Ich nicke nur.

»Jannis?« Diesmal ist es Dimitris Stimme. »Jannis. Du warst heute beim Haus. Wie war es dort? Ich war ewig nicht da.«

»Verwildert«, sagt Jannis. »Aber auch schön. Man müsste mal tüchtig aufräumen …« Er sieht Dimitri an. »Warum fragst du das?«

»Ach, nur so. Ich war bloß neugierig.« Bevor er das Zimmer verlässt, bleibt er noch einmal stehen. »Ich bin die nächsten Tage wahrscheinlich nicht da, macht euch keine Sorgen. Und vergiss nicht: Das Rad wurde nicht an einem Tag erfunden.«

Jannis und ich sehen seinem Onkel ratlos hinterher.

»Was meint er damit?«, frage ich.

»In der Ruhe liegt die Kraft, vielleicht? Das hat meine Oma immer gesagt.«

»Haha, meine Oma Käthe auch.«

Jetzt sind Jannis und ich allein im Zimmer, von der Terrasse am Haupthaus hört man es surren und rumoren wie in einem Bienenstock. Es klingt wie eine echte Party.

»Was denkst du?«, frage ich Jannis.

Jannis zuckt die Schultern. »Alle verrückt hier. Komm, Luzy, wir gehen. Das würde Jakob sagen! Zu schade, dass er nicht da ist, Jakob würde jetzt bestimmt einen witzigen Spruch machen. Aber ich sag's dir: Meine Familie hat eindeutig einen Reifen ab.«

Ich grinse und frage: »Was hast du denn eben gesagt, dass sie so schnell gegangen sind?«

»Dass ich die Nase zu habe. Dass ich will, dass mir endlich mal einer zuhört, dass keiner uns Kinder gefragt hat, ob wir wegziehen wollen.«

»Die Nase voll«, sage ich leise.

Obwohl Jannis' Augen noch immer traurig aussehen, blinzelt er schon wieder verschmitzt, als er sagt: »Nein, ich habe sie *zu*, die Nase. Denk mal drüber nach, Luzy. Holst du uns was zu essen? Ich bin hungrig wie ein Grizzly, aber ich mag da nicht rausgehen. Wir machen hier unsere eigene Party und planen, wie wir die Welt verändern!«

Lachend die Welt verändern

Nie im Leben hätte ich gedacht, dass der Abend doch noch schön werden würde und dass Welt verändern solchen Spaß machen kann. Auf der Terrasse haben Jannis' Eltern und all die anderen Besucher in Windeseile ein riesiges Buffet aus dem Boden gestampft, jeder hat etwas von zu Hause geholt. Ich schaufle meinen Teller voll mit Salaten, Brot und verschiedenen griechischen Gerichten, die ich nicht kenne. Jannis hat mir mal erklärt, dass es in seiner Familie so ein Sprichwort gibt: Wenn du nicht weiterweißt, isst du erst mal was. »Ein leerer Bauch findet keine Lösungen« oder so ähnlich. Die Idee gefällt mir.

Von Sophia und Adonis immer noch keine Spur. Nikos steht am Buffet und unterhält sich höflich mit den Leuten. Irgendwie bin ich richtig froh darüber, ihn hier in der Ferne wiederzusehen, sein Gesicht ist mir aus Deutschland so vertraut. Und wie ähnlich er Jannis sieht! Der entscheidende Unterschied zwischen den beiden ist, dass Nikos fast einen halben Meter größer ist als sein kleiner Bruder, Nikos überragt alle. Hier in Griechenland sieht er gesund und glücklich aus. Braun gebrannt und mit kräftigen Oberarmen erinnert nichts mehr an den liebes- und heimwehkranken Typen aus dem deutschen Winter. Jedes Wochenende arbeiten Nikos und seine Freundin Helena an einem alten Haus am Hafen, das sie renovieren.

Im Vorbeigehen raunt Nikos mir verschwörerisch zu: »Danke, Luzy, dass du so eine gute Freundin für meinen kleinen Bruder bist.«

»Ähem, klar doch«, sage ich.

»Ich frage mich nur, was ihr zwei wieder ausheckt … ihr habt doch was vor, oder?«

»Kann schon sein.« Als ich versuche, dazu noch einen Daumen in die Luft zu strecken, kippelt mir fast der Teller aus der Hand, und ich mache mich auf schnellstem Wege zurück zu Jannis.

»Hoffentlich sind im Essen ein paar Supernüsse, von denen wir Zauberkräfte kriegen, um unser Problem hier zu lösen«, sage ich mit einem Seufzer, als ich zurück in Jannis' Zimmer komme.

»Na ja, wir sind ja leider nicht im Märchen.« Jannis beißt gierig in ein Stück Brot. »Ich habe den ganzen Tag nichts gegessen«, erklärt er kauend. »Weißt du, Luzy … so doll die Erwachsenen auch nerven, kochen können sie wenigstens«, murmelt er zwischen zwei Bissen.

Auf einmal müssen wir beide lachen. Wir gucken uns an, wie

wir da mit unseren Tellern auf den Knien auf seinem Bett sitzen, und lachen noch mehr.

Jannis gluckst zwischen zwei Bissen. »Wir rächen uns an ihnen … wir räumen den Erwachsenen bei ihrer blöden Party einfach das ganze Buffet ab, und sie wundern sich nachher, wo alles geblieben ist … Und am Ende schicken wir noch Tzatziki vorbei!«

»… der kann einiges verputzen. Tzatziki muss sich ja schließlich auch stärken, um mit uns die Welt zu retten«, sage ich, und dann erzähle ich Jannis, wie ich mich am Morgen mit Tzatziki unterhalten habe, um ihn zu finden.

Jannis fragt: »Und was genau hat er geantwortet?«, und ich mache »I-Ah« und halte mir die Hände an den Kopf, als hätte ich Eselsohren. Jannis prustet wieder los.

»Am witzigsten finde ich, dass du wirklich an der Hauptstraße gedacht hast, dass Tzatziki eingeschlafen ist!«, gluckst er.

»Und ich finde viel witziger und … na ja, auch irgendwie seltsam, dass du wusstest, dass ich dich finde. Ich meine, dieser Weg war so was von weit!«

»Das stimmt … Aber ich hatte mir irgendwie gedacht, dass du Sherlock Tzatziki dabeihast.«

Dann prusten wir wieder los und stellen uns Tzatziki mit Pfeife und Detektivmütze vor.

Plötzlich geht die Tür auf. »Du bist also zurück?« Adonis' Stimme. Dahinter steht Sophia.

»Ja, aber wo wart ihr denn bitte den ganzen Tag? Also ich bin jedenfalls schon länger wieder hier. Und … nur, dass ihr es wisst: Luzy und ich geben den Kampf nicht so einfach auf. Wir werden nämlich die Welt ändern«, keucht Jannis und wischt sich die Lachtränen aus den Augen.

»Wir haben uns echt Sorgen gemacht, Jannis«, sagt Adonis ernst.

»Gut, dass du Jannis gefunden hast, Luzy!«, sagt meine Schwester.

»Sophia und ich haben dafür schön den ganzen Tag in diesem stickigen Laden gearbeitet. Ehrlich jetzt, ich kann verstehen, dass darauf keiner Bock hat. Wahrscheinlich haben sie recht, dieser Ort bringt es einfach nicht mehr.«

Sophia legt ihm zustimmend die Hand auf den Arm »Ja, wahrscheinlich bleibt euch nichts anderes übrig, als es einfach zu akzeptieren. Und … ihr könnt ja immer im Urlaub herfahren.«

Ich gucke die beiden ungläubig an. »Hä? Das ist doch wohl nicht eurer Ernst. Niemals dürft ihr das hinnehmen!«

Auch Jannis sieht überrascht aus. Nachdenklich schüttelt er den Kopf und sagt: »Nein, wir nehmen es nicht hin. Luzy hat recht. Wir werden den Erwachsenen zeigen, dass dieser Ort es sehr wohl noch bringt.«

Ich halte Jannis die Hand für ein High five hin. Er schlägt ein, und ich stelle zufrieden fest, dass er dabei wieder sein verschmitztes Jannis-Lächeln hat.

»Ihr wieder …«, murmelt Adonis. »Echt jetzt, diesmal wird das nichts mit einer Superaktion, das weiß ich leider sehr genau.

Mama und Papa werden wir nicht mehr davon abbringen können. Sie würden ja am liebsten heute schon anfangen, für den endgültigen Umzug zu packen.«

Eine neue Eiszeit

Am nächsten Morgen sind Jannis und ich mit Arbeiten in Phileas' Laden dran. Jannis schließt mit dem altmodischen Schlüssel die Tür auf.

»Rein in die gute Stube«, sagt er. »Um Ideen für die Rettung des Ortes zu finden, müssen wir alles gut unter die Linse nehmen.«

»Lupe.« Ich grinse.

»Wie auch immer. Mal sehen, was die neuesten Gerüchte und Geschichten übers Inselleben sind, hier im Laden erfahren wir es als Erste. Das kann für unsere Mission nur nützlich sein.« Wir gehen durch die bimmelnde Ladentür nach drinnen, und mir schlägt der bekannte staubige Geruch entgegen. Der Ablauf ist uns vom letzten Mal schon vertraut: Kurz nach Ladenöffnung bremsen verschiedene Lieferwagen vor dem Haus, die ihre Waren abladen. In der Zwischenzeit hat Dimitri auch herausgefunden, wie die Kasse funktioniert. Aber heute ist es irgendwie noch wärmer und stickiger als beim letzten Mal, und der wirkliche Spaß vom Kaufmannsladen-Spielen will nicht so recht aufkommen. Viele Kunden spazieren herein, mit fast allen unterhält sich Jannis, aber alles erscheint vorhersehbar und öde. Irgendwie vermisse ich auch Sophia und Adonis beim Verkaufen, aber die zwei sind am Strand. Ich habe mit Sophia gestern nicht mehr darüber geredet, aber ich finde es richtig doof, dass auch sie einfach aufgeben will. Für meine Arbeitsmotivation hilft es nicht gerade, dass ich nun weiß, wie schön es ist, im Meer zu schwimmen, durchs glasklare Wasser zu schnorcheln und mit Fahrtwind in den Haaren über die Insel zu radeln. Die Tatsache, dass Jannis all das bald nicht mehr haben wird, wenn seine Eltern für immer wegziehen, ist einfach nur traurig. Halbherzig verkaufen wir Milch, Gemüse, Dosentomaten und eine Schnorchelbrille für eine Urlauberfamilie, die sich auf der Insel verfahren hat. Die Touristenstrände liegen nämlich am anderen Ende.

Am späten Nachmittag sitzen Jannis und ich auf Klappstühlen mit kühler Limonade vor dem Laden. Jannis guckt ein wenig trüb vor sich hin, und ich weiß nicht, wie ich ihn aufmuntern soll. Auf einem dritten Stuhl sitzt Opa Peter, in der Hand seine halb leere Kaffeetasse, Tzatziki steht neben ihm.

Opa Peter schüttelt den Kopf. »Ich fürchte, wir müssen der Wahrheit ins Auge sehen: Kein junger Mensch aus dem Ort wird Lust haben, diesen Laden zu übernehmen.«

»Aber wir brauchen hier einen Laden! Das nächste Geschäft ist unten am Hafen – die großen Supermarktketten auf der Nachbarinsel! Man kann doch nicht für jede Milch so weit fahren«, meint Jannis. »Außerdem war Phileas hier Dorfplatz, Kneipe, Radiosender, Internet und Inselfernsehen in einem.«

Tzatziki stößt einen tiefen Seufzer aus, tritt ein paarmal von einem Bein aufs andere, als würde er sich stretchen, und guckt ernst in die Runde.

»Was sollen wir denn machen, Tzatziki?«, frage ich den Esel.

Tzatziki sieht mich an, dann Opa Peter und dann Jannis. Er scharrt zweimal mit dem rechten Huf und bleibt dann reglos stehen.

»Danke für die Hilfe«, murmelt Jannis. »Wenn das ein Geheimcode war, habe ich ihn leider nicht kapiert.« Wieder starren wir vor uns hin.

»Da hinten ziehen richtig dicke Wolken auf. Georgio hat heute Morgen gesagt, dass das Wetter umschlägt. Ein Tiefdruckgebiet«, sagt Opa Peter.

»Tiefdruckgebiet? Das hast du auf Griechisch verstanden?«, frage ich.

»Klaro Klärchen. Es gibt so viele Möglichkeiten, sich in einer Sprache verständlich zu machen. Das Tiefdruckgebiet hat Georgio mir vorgetanzt.« Jetzt fängt er richtig an zu lachen. Wie schön, dass wenigstens einer gute Laune hat!

»Tiefdruckgebiet … das hilft uns auch nicht weiter«, sage ich müde.

»Wer weiß«, sagt Opa Peter.

»Warum?«, fragt Jannis.

»Nur so«, meint Opa Peter versonnen. »Käthe hätte gesagt: Immer, wenn du denkst, es geht nicht mehr, kommt von irgendwo ein Lichtlein her.«

In dem Moment donnert es in der Ferne. »Na super, Donner, aber ein Lichtlein sehe ich trotzdem nicht«, murre ich.

»Warte mal ab, Luzy. Und vor allem: Geduld! Ohne die geht gar nichts. Augen und Ohren offenhalten und aufmerksam sein. Jeder Weg hat tausend Gabelungen. Und mindestens einer zeigt dir die Lösung auf.«

»Bevor wir noch länger auf eine Lösung warten, würde ich aber doch lieber Papa anrufen, dass er uns abholt«, bemerkt Jannis nüchtern. »Bei Blitzlichtlein laufe ich nicht den Weg nach Hause über die Hügel.« Jannis greift zum Handy in der Tasche seiner Shorts. Seine griechischen Worte klingen irgendwie abgehackt, als er ins Telefon spricht.

»Hi, hello!«, ruft Aris zur Begrüßung. Jannis' Papa lenkt an den Kantstein heran und winkt uns aus seinem Wagen zu. Er lächelt uns freundlich an und streicht mir über den Kopf, aber Jannis ignoriert ihn total, und ich grinse schief zurück. Jannis öffnet die Klappe hinten, und Tzatziki klettert auf die Ladefläche, Opa Peter setzt sich auf den Beifahrersitz, und Jannis und ich schlüpfen auf die Rückbank.

Als ich klein war, habe ich die Geschichte von der »Eiskönigin« geliebt. Das hier erinnert mich daran: als hätte Jannis mit seiner Superkraft alles im Wagen, trotz schwüler Luft, in Eis verwandelt – zumindest sein Vater scheint hilflos, wie zum Eiswürfel erstarrt, dazusitzen.

»Herr Peter, was geht Ihnen?«, versucht Aris ein förmliches Gespräch mit meinem Opa, der zwar freundlich antwortet, doch Jannis verströmt von hinten so konsequent schlechte Stimmung, dass alle Worte ins Stolpern und Stocken geraten, als würden sie auf der Zunge gefrieren.

»Habt ihr noch nicht wieder geredet?«, frage ich Jannis leise.

»Nein, worüber auch?«

»Darüber, dass du dir das nicht gefallen lässt? Dass sie das nicht ohne euch entscheiden können?«, sage ich.

»Nein, das ist sinnlos und ohne Zweck.« Zum Glück zuckt es um Jannis' Mund, als er sagt: »Bevor ich keine richtige Lösung habe, sage ich nichts mehr dazu. Meine Waffe heißt Schweigen.«

Ich nicke. Und denke, dass es wirklich nicht leicht sein kann, zwischen zwei Sprachen zu sitzen. Und zwischen zwei Heimaten. Heimat*en* klingt seltsam – wahrscheinlich, weil man eigentlich nur eine hat. Ich höre Jannis leise weiterreden: »Bis dahin werde ich unser Familienleben in eine Eiswüste verwandeln.«

»Hut ab, darin bist du ein wirklicher Meister.«

Das Lichtlein im Regen

Zwei graue Schatten, die die regnerische Straße entlanggehen. Ich sehe sie von der offenen Terrassentür von Sophias und meinem Zimmer aus auf dem Weg spazieren. Einer ist groß und dünn und humpelt ein bisschen, der andere geht auf vier Beinen und hat lange Ohren. Der mit den langen Ohren bleibt immer wieder stehen, der andere zieht ihn weiter. Ich sehe, dass großer Schatten (Opa) einen grauen Regenumhang trägt und vierbeiniger Schatten (Tzatziki) pitschnasses Fell hat. Esel mögen Nässe bekanntlich gar nicht, aber Tzatziki wollte sich seinen traditionellen Morgenbummel trotz Regen wohl nicht nehmen lassen. »Och, Eselchen, bitte, lass uns weiter. Was schnüffelst du denn da die ganze Zeit?«, höre ich durch den Regen gedämpft Opas Stimme.

Eilig ziehe ich mir Regenjacke, kurzes Sommerkleid und Flipflops an – die ideale Kleidung für solche Tage, denn A: kann man so wunderbar in die Pfützen platschen, und B: werden so nur Füße und Beine nass. Ich schnappe mir an der Tür einen Regenschirm und renne auf die beiden zu. »Haaallo, Opa Peter! Wartet mal!«

»Luzy! Bist du von allen guten Geistern verlassen? Was machst du denn hier in aller Herrgottsfrühe, und dazu noch bei diesem Sauwetter?« Tzatziki stößt ein kleines Mini-I-ah aus, wie zur Bestätigung. Ich nehme seinen Kopf unter meinen Arm und drücke ihn an mich. »Du Armer, du siehst ja aus wie ein nasser Seehund. Wolltest du Opa nicht allein gehen lassen?«

Tzatziki schüttelt den Kopf. Opa Peter schüttelt genau gleichzeitig den Kopf. »Es ist wie verhext, der Kerl wollte unbedingt mit, als ich vorhin am Stall vorbeikam. Nun kriege ich ihn nicht von diesen verflixten Sträuchern weg. Tzatziki kaut und knabbert und schnuppert schon seit einer Ewigkeit, aber ich will los, mein schöner Morgenkaffee bei Giorgio wartet.« Dann lacht Opa Peter und raunt mir zu: »Der Kerl ist verliebt. In die Eselin bei meinem Freund auf dem Hof. *Darum* will er immer mit.« Tzatziki spitzt die Ohren. »Jeden Morgen das gleiche Spiel: Sobald wir beide dort ankommen, trabt er hinters Haus. Giorgio öffnet das Tor, und zack, ist Tzatziki bei seiner Eselfreundin verschwunden!«

»Aber heute hat er anscheinend etwas anderes vor. Geh alleine, ich behalte ihn hier, die Eselin kommt schon klar.«

»Wo du recht hast, hast du recht, Luzy. Dann bin ich mal weg. Tschüssi!«, ruft Opa Peter und humpelt kaffeedurstig davon.

»Und wir so, Tzatziki? Was machen wir zwei jetzt?«

Tzatziki frisst unbeeindruckt weiter. Er kaut laut schmatzend und sehr genüsslich. Eine Weile stehe ich einfach neben ihm und höre dem prasselnden Regen auf meinem Schirm zu. »Ähem, Tzatziki, willst du nicht vielleicht mal zurück in deinen schönen Stall?«, frage ich.

Tzatziki schüttelt die Mähne und frisst weiter. Ich bücke mich, um zu sehen, was er da frisst. Es sind Kräuter, kleine Blättchen mit hellen Blüten. »Isst du Pizzagewürz?«

Keine Antwort. Ich reiße mir ein Büschel ab und rieche daran. Mmmmh, das hier riecht wirklich gut. Und auch irgendwie lecker. Durch den Regen duften all die Kräuter heute noch stärker als sonst. Als ich mich bücke, entdecke ich viele alte Bekannte aus Phileas' Laden: Thymian, Rosmarin, Lavendel …

Eine Weile hocke ich neben Tzatziki zwischen den Sträuchern und versuche, den Schirm über unsere beiden Köpfe zu halten, aber an einer Seite vom Schirm läuft dem armen Esel der Regen übers Fell. Wenn ich den Schirm drehe, tropft es von der anderen Seite.

»Komm schon, Tzatziki«, wiederhole ich. Vorne am Haus steigt Jannis' Mutter in ihr weißes Auto, auf dem Weg ins Büro. Ansonsten ist alles noch still. »Los jetzt, Eselchen.«

Ich pflücke mir noch ein paar weitere Kräuter und halte sie wie einen kleinen grünen Blumenstrauß. Ich schnuppere gedankenverloren, stecke die Nase tiefer ins Grün, und dann passiert es: Zwischen den dicken Regenwolken, die über dem Meer hängen, schiebt sich auf einmal die Sonne hervor und blitzt für einen kurzen Moment auf die nasse Erde herab. Hinter mir erscheint ein riesiger Regenbogen. »Immer wenn du denkst, es geht nicht mehr …«, murmle ich Oma Käthes Satz. Und dann habe ich einen absoluten Superluzy-Moment. Ich sehe mich hier stehen, triefend nass im grauen Regen, mit diesem hellen Sonnenstrahl über dem Kopf, unter dem Regenbogen: Luzy, die die Dinge vom Rand beobachtet, Luzy, die sich nicht traut, laut ihre Meinung zu sagen, Luzy, die nicht weiß, was sie machen soll. Aber da plötzlich kommt ihr eine Idee. Vielleicht ist das Licht da oben am Himmel ja auch ein Strahl wie im Comic, wenn jemandem ein Licht aufgeht! Ich denke: Was Tzatziki schmeckt, schmeckt den Menschen mit Sicherheit auch. Man könnte doch …

Die Idee ist großartig.

Absolut genial.

Beste Idee aller Zeiten.

Ich denke daran, dass Sophia und ich immer aus Kräutern Tee für unsere Eltern gekocht haben.

Mir fällt Phileas' Laden ein, der anders werden muss.

Ich überlege, dass der Laden nicht nur ein muffiges Geschäft sein sollte, sondern ein moderner Treffpunkt …

Man könnte doch beides verbinden …

Einkaufen, Tee trinken, quatschen …

»Tzatziki! Wir müssen auf der Stelle zu Jannis!« Ich reiße dem Esel ein paar letzte Kräuter aus und stecke sie ihm ins gierig aufgerissene Maul. Ein großes Büschel klemme ich mir unter den

Arm und stürme los in Richtung Haus. Ich ziehe Tzatziki am Halfter hinter mir her, der mir nun sogar folgt, ohne sich zu sträuben. »Jannis!« Ich klopfe an die Scheibe seiner Terrassentür. »Jannis, aufwachen! Ich habe eine absolut geniale Idee!«

Nach mehrmaligem Klopfen erscheint eine verschlafene Gestalt hinter der Glastür, mit superstrubbeligen Haaren und zerknittertem Gesicht. »Luzy!«, murmelt Jannis und öffnet mir schlaftrunken die Tür.

»Hör zu, ich muss dir meine Idee erzählen. Aber als Allererstes müssen wir Tzatziki trocken kriegen.«

Jannis sieht den triefenden Esel und nickt. Er verschwindet im Flur und kommt mit alten Handtüchern und Lappen zurück. Kurz darauf führen wir Tzatziki in seinen Stall und rubbeln ihn trocken. Und während unser grauer Freund dabei zufrieden schnurrt wie eine Katze und Kräuter kaut, erzähle ich Jannis alles.

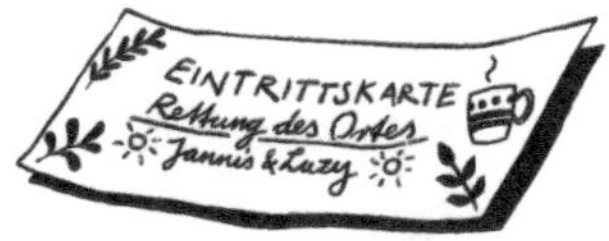

Projekt »Rettung des Ortes«

»Phileas' Laden mit Café? Meinst du, das würde laufen? Die Leute hier sind ja ziemlich speziell mit dem, was sie mögen und was nicht«, sagt Jannis. Er krault Tzatziki, der neben ihm auf dem Stallboden liegt. Die letzten Regentropfen platschen noch aufs Dach, aber durch das Fensterchen über uns sehe ich, dass die Sonne schon wieder da ist. Wir haben es uns hier gemütlich gemacht. Tzatzikis Fell ist nach dem Trockenrubbeln weich und puschelig wie nie zuvor. Neben uns steht ein Schuhkarton mit unseren gesammelten Kräutern, die einen Duft verströmen, der mich gerade an Apotheke erinnert.

»Das hier werden sie ganz sicher mögen!«, rufe ich. »Wir machen nämlich einen richtig coolen Laden draus. Ein bisschen aufräumen und entrümpeln, lüften, bunt gestrichene Wände, und dann gibt es frischen Tee aus den Kräutern von eurem Hang, und für Opa Peter und andere natürlich auch Kaffee. Deine Mutter hat ja auch gesagt, dass ein Café hier bei euch fehlt!« Ich sehe Jannis etwas skeptisch die Stirn runzeln und rede daraufhin mit noch mehr Begeisterung weiter. »Und wir wissen ja jetzt beide, wie das mit dem Tee geht. Laut Internet muss man die wild wachsenden Kräuter nur trocknen! Es kostet so gut wie nichts, aber wir können damit richtig viele Leute anlocken. Griechischer Kräutertee – Mama und Papa würden sofort zuschlagen, wenn sie im Urlaub bei so einem Laden vorbeikämen, und den Tee tütenweise mitnehmen. Und ihr habt hier wieder einen echten Treffpunkt im Dorf, ein Zentrum.«

»Pff, das würde aber heißen, wir müssten meine ganze Familie davon überzeugen. Du kennst sie ja jetzt auch ein bisschen, und meine Eltern haben ihre Entscheidung getroffen …«

»Klar.« Ich nicke, denn darüber habe ich natürlich auch schon nachgedacht. »Darum müssen wir es richtig professionell angehen, damit sie uns die Idee nicht um die Ohren pfeffern. Und zwar am besten gleich heute, bevor deine Eltern noch weiter nach Käufern für den Hof suchen!« Ich merke, wie mir die Idee immer besser gefällt. »Wenn der Ort nicht stirbt, müssen sie das alles hier ja auch nicht mehr verkaufen. Dann vermieten sie es für die Zeit, in der ihr in Deutschland seid. In den Ferien kommt ihr her und wohnt in einem der Häuser. Und in ein paar Jahren zieht ihr dann komplett wieder nach Griechenland.« Ich gucke Jannis triumphierend an.

»Hmmm«, macht Jannis nur und streichelt in Gedanken Tzatzikis Fell.

»Lass uns eine richtige Präsentation daraus machen, gleich heute Abend. Wir malen jetzt Plakate und Einladungskarten und stellen ihnen später unsere Idee vor. Dann sehen sie mal, wie das aussieht, wenn man sich wirklich für etwas einsetzt! Und sie kapieren, dass man nicht einfach aufgibt, nur weil ein Problem auftaucht … und das gilt auch für deine Brüder und Sophia.«

Als ich das mit den Brüdern sage, wacht Jannis plötzlich auf. Auf einmal kommt Bewegung in ihn. »Du hast recht, Luzy! Wir können einen Geschäftsplan schreiben! Das macht Nikos immer für all seine Ideen. Was Nikos uns schon alles präsentiert hat! Immer wieder hat er neue Einfälle: Einmal wollte er ein Hotel aufmachen, dann einen Buchladen, eine Tauchschule … aber am Ende ist nie was daraus geworden. Komm, Luzy, wir gehen …« Jannis lacht. »Ähem, natürlich nicht. Komm, Luzy, wir fangen direkt an, wollte ich sagen. Ich dachte nur gerade an Jakob. Wäre cool, wenn er dabei wäre. Wir müssen ihm unbedingt alles haarklein erzählen. Also gut … Und für heute Abend laden wir alle ein.«

Den ganzen Tag über haben Jannis und ich am Terrassentisch geschrieben, gemalt und gebastelt. Weil die Sonne nach dem Regen richtig stechend ist, hat Ya-ya uns die Markise heruntergelassen. Natürlich war sie neugierig, was wir machen, aber Jannis hat sie auf später vertröstet. Alles, was Jannis an Bastelsachen in seinem Zimmer hatte, haben wir zusammengesucht – Stifte,

Schere, Kleber und dickes Papier. Endlich kann man etwas tun! »Ich fühl mich wie eine Aktivistin«, sage ich, und Jannis stimmt mir zu.

»Die werden so begeistert sein.« Ich klebe den letzten großen Buchstaben für die Überschrift auf das Plakat: »RETTUNG DES ORTES«, heißt es. Darunter steht dann einzeln aufgelistet, was dafür zu tun ist. Wir haben auch Einladungskarten gemacht, auf die ich Kräuter und einen Kaffeebecher an den Rand gemalt habe. Den Tag über kommen Opa Peter und auch Sophia und Adonis ein paarmal vorbei und wollen sehen, was wir machen.

»Nicht so neugierig sein! Das erfahrt ihr alles später«, sagen wir und schicken sie weg. Bei Opa Peters letztem Besuch stecken wir ihm einen Stapel Eintrittskarten zu, den er brav, gemeinsam mit Tzatziki, an die Leute verteilt: Jannis' Eltern, Ya-ya, Dimitri. An Nikos und Sophia und Adonis hat Jannis lieber eine Nachricht geschickt.

»Endlich werden sie kapieren, dass es uns ernst ist«, murmelt Jannis und malt einen grünen Zweig und eine Kaffeebohne auf das Plakat. Er lacht. »O Mann, Malen war noch nie meine Stärke!«

Punkt sechs Uhr.

»Willkommen!«, sagt Jannis zum Publikum. Wir beide stehen vorne, etwas erhöht, auf der Terrasse. Ich flüstere: »Nikos fehlt noch! Und Adonis und Sophia auch.« Ich merke, dass ich auf einmal richtig aufgeregt bin, ein bisschen wie beim Referat in der Schule. »Laut reden, nicht vergessen!«, sage ich. Jannis und ich müssen beide kichern, denn es geht uns beiden gleich: Ganz schön schwierig, bei so etwas nicht zu schüchtern zu sein. In der Planung wirkt es immer viel einfacher.

Jannis' Eltern und Opa Peter und Ya-ya haben sich brav vorne auf die Stühle gesetzt, die wir in zwei Reihen vor der Terrasse aufgestellt haben, sodass sie zu uns raufgucken müssen. Suchend sehe ich mich nach meiner Schwester um.

»Hi! *Kalispéra!* Guten Abend.« Eine Autotür knallt, und Nikos und Helena sind ausgestiegen. Die beiden halten sich an den Händen, als sie den Weg hoch zur Terrasse laufen. »Sorry, wir sind viel zu spät …«, sagt Nikos. Er nickt allen zu, und die beiden setzen sich in die zweite Reihe. Helena winkt Jannis und mir freundlich, obwohl ich sie heute zum ersten Mal sehe. Sie hat einen toll wippenden Zopf und witzigerweise ganz ähnliche Haare wie ich, kastanienbraun und lockig. Helena ist fast so groß wie Nikos, oder sogar noch ein bisschen größer, und ganz schlank. Sie macht Nikos ein Zeichen, leise zu sein, und die zwei setzen sich.

Jannis und ich wechseln einen Blick. In meinem Bauch blubbert es vor Aufregung.

»Also, fangen wir an. Sophia und Adonis kommen sicher gleich«, sagt Jannis leise zu mir. Dann räuspert er sich. »Luzy und ich stellen euch jetzt unser Projekt zur Rettung des Ortes vor. Wir wollen nämlich nicht, dass wir hier wegziehen. Und …« Jannis sieht Hilfe suchend zu mir, und ich übernehme: »Wir wollen, dass es den Ort hier weiterhin gibt und wieder mehr Menschen herkommen. Darum werden wir in Phileas Laden das ›Café Käthe‹ gründen. Benannt nach meiner Oma Käthe«, füge ich leise hinzu. »Natürlich kann man dort weiter normal einkaufen, aber es gibt dort eben auch das Café …«, ich blättere um und zeige mit dem Finger auf das nächste Plakat, auf dem wir die Produkte aufgemalt haben, »… mit supergesundem Bergkräutertee. Die Kräuter wachsen hier am Hang, man muss sie nur sammeln und trocknen. Tzatziki hat uns gezeigt, wo man sie findet und dass sie sehr gut schmecken. Wir haben schon sehr viel dazu recherchiert.« Auf diesen Satz bin ich besonders stolz. »Aber natürlich gibt es im Café auch Kaffee.« Ich gucke zu meinem Opa, der aufmunternd einen Daumen in die Luft streckt. »Und …« Wo bitte ist meine Schwester?, frage ich mich. Und weil ich mich das frage, verliere ich irgendwie den Faden und weiß nicht mehr, was ich sagen will. Stille.

»Na ja, und der Laden könnte dann so aussehen«, übernimmt nun wieder Jannis und zeigt auf das dritte Plakat, auf das wir versucht haben, Phileas' Laden zu malen – was so mittelmäßig gelungen ist. Mit orangen Wänden und dunkelgrünen Stühlen. Auf den ebenfalls dunkelgrünen Tischen stehen Teetassen. Ich gucke in die Runde und sehe meinen Opa nicken. Jannis' Mama Alex übersetzt leise ihrem Mann neben ihr.

»Läuft gut«, raunt Jannis mir zu.

Ich nicke. »Cooles Team sind wir.«

Jannis wird ein bisschen rot und ich vielleicht auch.

Sophia ist immer noch nicht da.

»Na ja, und nun brauchen wir nur noch jemanden, der das Ganze macht, weil Phileas ja nicht wiederkommt«, sage ich zum Abschluss. »Aber das sollte ja wohl nicht schwierig sein.« Ich lege möglichst viel Überzeugung in meine Stimme.

Applaus. »Tolle Vorstellung!«, ruft Alex.

»Cool gemacht, super präsentiert«, ruft Nikos. Er pfeift auf den Fingern. Jannis und ich sehen uns glücklich an.

Jetzt endlich sind Adonis und Sophia da. Sie setzen sich leise hinten auf die Stühle. Adonis kneift die Augen zusammen, um die Plakate vorne zu lesen. Ohne zu wissen, was wir gerade gesagt haben, klatscht er mit. Dann hebt er die Hand.

»Ja, Adonis?«, sagt Jannis.

»Eine Frage, sorry, ich habe euren Vortrag jetzt nicht richtig mitgekriegt. Aber: Wer macht das Ganze denn? Habt ihr schon jemanden?«

Stille.

Nun hebt Alex die Hand und sagt: »Ich finde auch, ihr habt das großartig vorbereitet und richtig professionell noch dazu. Aber Adonis' Frage ist sehr wichtig. Denn wir wissen ja, dass bisher niemand die Nachfolge des Ladens übernehmen wollte.«

Wieder Stille. Dann sagt Jannis: »Aber es ist ja jetzt nicht mehr nur der langweilige Laden. Wir haben mittlerweile selbst herausgefunden, wie öde es ist, im jetzigen Shop zu verkaufen. Aber nun haben wir ja auch noch den Bergkräutertee und alles, das Café Käthe eben! Das werden die Leute super finden. Warum sollte nicht jemand den Laden übernehmen und dazu so ein cooles Café als Treffpunkt aufmachen wollen? Vielleicht findet sich ja sogar noch jemand, der gerne backt!«

Jannis' Mutter zieht die Augenbrauen hoch und sagt leise etwas zu Aris neben ihr.

»Nun ja, irgendwie stehen wir vor demselben Problem wie vorher, oder?«, meldet sich Nikos zu Wort. »So schön ihr das auch ausgeheckt habt. Aber ich kenne es ja aus der Stadt, alle wollen nur dort wohnen. Keiner hat Lust auf das öde Dorfleben hier oben, wo die Leute alle alt sind. Niemand wird herziehen, das sag ich euch.«

»Aber ihr habt es so schön vorbereitet, ein toller Versuch«, wiederholt Alex noch mal. Obwohl sie dabei total lieb guckt und richtig gerührt aussieht, macht mich der Kommentar wütend. Ich schaue zu Sophia im Publikum und sehe, dass sie mich mitleidig anguckt. Irgendwas erinnert mich gerade ganz stark an mein Haustierreferat in der Vierten, wo ich vorne vor der Klasse stand und sich auf einmal alle über mich lustig gemacht haben. Fehlt nur noch, dass jetzt einer lacht. Diese Vorführung war vollkommen umsonst. Wir hätten uns das alles schön sparen können.

»Wir wollen eben den Ort retten! Wir versuchen es wenigstens. Wir versuchen, eine Lösung zu finden!«, rufe ich in die Runde. Eigentlich kam Jannis und mir vorhin noch die Idee mit der Sonnenenergie, dass man mit so einem Projekt bestimmt Fördergelder kriegen kann, aber das lasse ich bleiben. Ich bin jetzt richtig wütend. »Ihr könnt es doch nicht einfach so hinnehmen, dass hier alles zu Ende geht!«

Ohne Jannis oder das Publikum noch einmal anzusehen, verlasse ich die Bühne. Ich habe keine Ahnung, wo ich eigentlich hinwill. Ich höre es hinter mir raunen, aber das beachte ich nicht. Ich kann nicht fassen, warum sonst keiner sieht, dass man etwas unternehmen muss. Und warum alle einfach nur dumm schauen und gar nicht wirklich versuchen, unsere Idee zu kapieren.

Die helfende Helena

»Luzy!« Ich höre eine unbekannte Stimme durch das Kissen auf meinem Kopf. Nach unserer Präsentation eben habe ich mich auf mein Bett geworfen, und da liege ich immer noch. Auf einmal habe ich es da vorne nicht mehr ausgehalten. In mir brodelt ein richtiges Wutgewitter. Ob Jannis jetzt wohl alleine dasteht?

»Luzy!« Wieder die Stimme mit einem leichten Akzent. »Luzy, wir kennen uns noch gar nicht, aber du weißt ja, ich bin Helena. Und ich bin gekommen, um dir zu sagen, dass ich euren Vortrag richtig toll fand.«

Ich luge unter meinem Kissen hervor und sehe Nikos' Freundin mit dem tollen lockigen Zopf, die vor meinem Bett im Zimmer steht. Aus großen braunen Augen sieht sie mich total lieb an. Ich sage nichts, ich weiß nämlich nicht, was.

»Es war so mutig, wie ihr zwei das vorgetragen habt. Jannis und du, ihr seid ein klasse Team! Ich finde es so stark, dass ihr euch einsetzt und nicht einfach aufgebt, wie die anderen. Alle drei Jungs hängen an ihrem Zuhause hier und Ya-ya noch dazu, aber keiner widerspricht.«

Ich blinzle in den hellen Raum. »Hä? Du meinst wirklich, Nikos ist das Haus hier oben auch wichtig?«

»Na, und ob. *Gerade* Nikos! Ich kenne ihn ja schon ein bisschen länger! Nikos und das Haus hier oben gehören so sehr zusammen, dass ich mir die zwei ohne einander gar nicht vorstellen könnte. Das hier ist seine Heimat. Was meinst du, warum er es in Deutschland nicht ausgehalten hat?« Sie streicht sich eine Haarsträhne aus dem Gesicht und sieht mich fragend an.

»Ich dachte, er ist für dich zurückgekommen.«

Helena lacht. »Na klar ist er das, zum Glück! Aber auch, weil ich ihm gesagt habe, dass er in Deutschland eingeht wie eine Primel! Er war so unglücklich, weil er alles hier so schrecklich vermisst hat. Nun sagt er immer: ›Ich will in der Stadt leben, ich würde es hier oben nie aushalten, es wäre viel zu einsam …‹ Kein Wort glaube ich ihm davon! Das sagt Nikos nur aus Protest, weil er nicht will, dass seine Eltern bestimmen, was er mit seinem Leben anfängt.«

Jetzt bin ich richtig verwirrt. »Du meinst, eigentlich würde Nikos gerne hier oben leben?« Ich flüstere fast.

»Na, und ob! Er liebt es hier oben. Nikos möchte nicht den Familienbetrieb übernehmen, das ist wahr, aber er könnte den Laden von Phileas zu etwas wirklich Großem ausbauen. Und ich garantiere dir, etliche von unseren Freunden unten aus der

Stadt würden sich die Daumen danach lecken, einen Exporthandel wie diesen zu führen. Sagt man das so, Daumen lecken? Du musst wissen, Nikos und ich haben so einiges gemeinsam, ich habe nämlich auch eine deutsche Oma, die mir die Sprache beigebracht hat. Sie lebt in Kassel.« Helena lächelt mich an.

»Ich glaube, man sagt, die Finger danach lecken«, murmle ich. Jetzt muss ich wirklich scharf nachdenken, denn das hier ist vollkommen neu für mich. Wie doll haben sich denn dann bitte alle getäuscht, auch Jannis? »Jannis denkt aber auch, dass Nikos nicht mehr hier leben will«, beharre ich.

»Na ja, Nikos möchte nicht in die Fußstapfen seines Vaters treten, das ist sein Problem!« Helena lacht. »Aber stell dir vor, Nikos' und meine Freunde und Freundinnen ziehen hierher, jemand von ihnen übernimmt euren Betrieb, Nikos macht was aus dem Laden, sein Kumpel Kostas legt seine Tischlerei hier hoch, unsere Freundin Sue ihren Elektrobetrieb – wie auch immer. Wir könnten zusammen wieder ein richtiges Dorf aufbauen!«

Ich runzle die Stirn. Das klingt etwas zu perfekt, wie im Bilderbuch. »Und was machst du dann?«

»Das ist das Allerbeste, und darauf kam ich durch eure Idee, Luzy. Weißt du, dass ich Apothekerin bin? Als ihr vorhin von den Kräutern erzählt habt, ist mir sofort so viel eingefallen, was ich mit den Wildkräutern und dem Bergtee anstellen könnte! Ich könnte eine Apotheke mit eigenem Naturladen aufmachen und meine Produkte von hier aus versenden. Das wäre genial. Das einzige Problem ist …«

Jetzt ist Helena auf einmal still. Sie steht noch immer vor dem Bett. »Darf ich?«, fragt sie und zeigt auf das Laken.

Ich nicke.

Sie setzt sich auf meine Bettkante. Eine Weile sagt sie nichts, dann murmelt sie: »Nikos ist so ein unglaublicher Dickkopf. Für ihn müsste es so aussehen, als wäre es seine Idee, keiner darf ihm etwas vorschreiben. Wie letzten Winter in Deutschland.« Versonnen malt sie mit dem Finger Kreise auf die Matratze. »Tausendmal habe ich ihm am Telefon gesagt, er soll zurückkommen, aber er hatte immer Gründe dagegen. Und dann, eines Nachts, rief er mich plötzlich an und verkündete: ›Helena, ich habe eine geniale Idee. Ich komme zu dir zurück nach Griechenland‹, da habe ich mir mein Schmunzeln verkniffen und gesagt: ›Nikos, das ist eine wirklich gute Idee. Dann machen wir jetzt einen konkreten Plan …‹« Sie nickt mir verschwörerisch zu. »So läuft das bei ihm.«

Kurz darauf steht sie auf. Von der Terassentür aus lächelt sie mir noch mal zu und streckt einen Daumen in die Luft. »Kriegen wir hin!«, sagt sie, und klickt die Tür zu. Und ich bleibe ratlos, aber mit einem hellen Hoffnungslichtlein über dem Kopf liegen. Als Sophia eine Weile später zu mir unter die Decke kriecht, merke ich, dass ich scheinbar schon eingeschlafen war.

»Hey!«, sagt sie leise. »Schläfst du schon?«

Ich murmle: »Ich denke, ja.«

»Okay. Ich war jetzt eben noch mal eine Runde joggen, das wurde mir alles zu wild auf der Terrasse. Was für eine heftige

Diskussion! Nachdem du weg warst, ging es nur noch auf Griechisch weiter. Ich habe dann natürlich nichts mehr verstanden, aber dein Jannis … meine Güte, das ist ja ein harter Hund! Er steht da wahrscheinlich immer noch und verteidigt eure Idee. Er schien voll schlagfertig. Wenn Jannis gesprochen hat, waren alle anderen leise …«

»Cool.« Ich seufze müde.

»Luzy, ihr zwei seid super. Und … ich … ich war heute Abend echt stolz, wie ihr euch das alles überlegt habt. Es tut mir leid, dass wir so spät kamen, wir haben am Strand total die Zeit vergessen.« Dann ist Stille. Als ich fast wieder eingeschlafen bin, fängt Sophia noch mal an zu reden. »Weißt du, Adonis sagt einfach, seine Eltern kann man sowieso nicht umstimmen, und das war's dann. Aber er war total traurig die letzten Tage, auch heute am Strand. Ich finde es so stark, wie anders Jannis da ist. Und du. Hut ab, ihr Aktivisten!«

Ein Tag in der Hafenstadt

»Wir reden nachher«, raunt Jannis mir zu, als wir uns neben Adonis auf die Rückbank von Alex' Auto plumpsen lassen. Sophia sitzt vorne und führt mit ihr ein höfliches Gespräch über Erwachsenenkram. Ich sehe Jannis an der Nasenspitze an, dass er heute hier in diesem Auto nicht reden wird. Die Eiszeit geht weiter. Beim Fahren schließt er die Augen, und nicht viel später lehnt sein Kopf schlafend an meiner Schulter. Adonis flüstert mir zu. »Oh, là, là, der Kleine.«

Ich schicke ihm einen genervten Augenaufschlag, muss aber zugeben, dass ich tatsächlich nichts dagegen habe, so über die Insel zu fahren.

Wir sind auf dem Weg in die Stadt unten am Hafen. Alex hat dort einen Geschäftstermin und setzt uns ab, sodass wir den ganzen Tag bis zum Abend Zeit haben.

Die grün-braune, bergige Landschaft zieht an meinem Seitenfenster vorbei. Wolken türmen sich hoch am Himmel auf, und durchs offene Fenster strömt duftende Morgenluft. Ich bin vor dieser Reise noch nie in Griechenland gewesen, aber ich weiß schon nach weniger als einer Woche, dass ich all das hier immer in Erinnerung behalten werde. Ich möchte ganz bald mit meiner eigenen Familie her, Mama und Papa alles zeigen, mit Piet im Wasser toben und … ja, vielleicht würde ja sogar Hannes mitkommen. Und das Glücksgefühl in mir drin will nichts von der Präsentation und der nichtsnutzigen Diskussion wissen. Es bleibt hartnäckig dort. Vielleicht hat es ja einen Dickkopf, wie Nikos. Und Jannis.

Nach fast einer Stunde Fahrt steigen wir alle aus. Jannis taumelt schlaftrunken aus dem Auto, und Alex fährt winkend, mit ihrem typischen flotten Reifen, wie Opa Peter sagen würde, davon.

»Erst mal Eiskakao bei *Linos*?«, fragt Adonis. Jannis nickt müde.

Linos heißt ein kleines Café direkt am Hafen, wo bereits einige Touristen mit Gepäck sitzen, die mit der frühen Fähre angekommen sind. Hier in der Stadt gibt es echte Cafés, kein Wohnzimmerverkauf wie oben in den Bergen. Ich fühle mich heute fit wie ein Turnschuh, denn ich habe fast zwölf Stunden geschlafen. Nachdem mich Sophia gestern geweckt hatte, bin ich sofort wieder eingeschlafen.

Anders als Jannis, denn dem fällt schon wieder fast der Kopf in die dicke Milchhaube des Eiskakaos, der vor ihm auf dem

Tisch steht. »Was war gestern noch? Willst du erzählen?«, frage ich ihn leise.

Jannis nickt schläfrig, aber stattdessen erzählt Adonis. »Darf ich, Bruderherz? Also, das war eine ziemliche Nummer, Luzy. Kurz nachdem du weg warst, sind Mama und Papa dann richtig sauer geworden. Mama meinte, Jannis würde doch auch wissen, dass sie schon lange wegwollte von der Insel und dass sie Deutschland vermisst. Dass wir verstehen müssten, dass es hier nicht weitergeht. Und Papa hat gesagt, was Jannis eigentlich einfallen würde, immer gegen alles zu sein, was bereits entschieden ist. Ob er nicht endlich mal lernen könne, die Entscheidung von Erwachsenen zu akzeptieren ... das war richtig krass und ...«

Jannis nickt. »Danke, dass du mich verteidigt hast, Adonis«, unterbricht er seinen großen Bruder. »Es ist nicht zu fassen, immer drehen sie alles so, dass sie scheinbar im Recht sind, aber das sind sie diesmal wirklich nicht.«

»Allerdings sind sie das nicht«, stimmt Adonis ihm zu. Mir fällt auf, dass Sophia heute ungewöhnlich still ist, aber sie verfolgt das Gespräch genau und macht sich wahrscheinlich ihre eigenen Gedanken. Andonis redet weiter: »Das Ding ist nur, wir werden es nicht ändern können. Nikos hat klar und deutlich gesagt, dass er weder unseren Betrieb noch Phileas' Laden übernehmen wird.«

Ich denke an das, was Helena gestern über Nikos gesagt hat, halte aber brav den Mund, denn innerhalb der Familie muss jeder Schritt wohlüberlegt sein. Das kenne ich nur zu gut von meiner eigenen. Taktik ist alles.

Jannis wird langsam wieder wacher. »Aber ich habe ja oft genug gesagt, dass *ich* alles übernehmen will. Aber eben nicht *jetzt*. Darf ich vielleicht noch die Schule fertig machen, studieren, was auch immer? Aber sie müssen unbedingt auf der Stelle alles verkaufen. Am besten heute noch!«

Adonis erklärt Sophia und mir: »Meine Eltern sind der Meinung, dass Jannis jetzt noch nicht wissen kann, was er irgendwann mal machen will. Aber ganz ehrlich: Da kennen sie Jannis schlecht. Wenn einer weiß, was er will, dann er. Wenn einer sein Wort hält, dann er. Das wissen wir alle.«

Ich sehe, dass Jannis ein bisschen rot wird, aber er nickt. »Hilfst du mir später dabei, Luzy?«

»Klaro Klärchen. Davor müssen wir nur noch ein paar klitzekleine Probleme aus dem Weg schaffen, aber ich habe vielleicht schon eine Idee.«

»Ehrlich jetzt? Eine neue Idee? Was denn für eine? Was hast du denn diesmal vor?«, fragen alle durcheinander. Ich bin ein bisschen überrumpelt über so viel Interesse, sage aber nur geheimnisvoll: »Wartet mal ab.«

Der Tag in der Stadt wird total lustig. Es ist toll, endlich wieder zu viert zusammen zu sein. Über den Hausverkauf spricht erst mal keiner mehr.

»Das hier ist Yannis mit Ypsilon«, stellt Jannis uns einen dunkelhaarigen Jungen vor, der uns am Hafen entgegengekommen ist. »Wir sind zusammen zur Schule gegangen. Yannis Ypsilon kann übrigens kein Deutsch«, erklärt uns Jannis mit J. Danach sagt er etwas auf Griechisch, und der Junge lacht. Da fängt Sophia an, Worte auf Griechisch zu stottern, was Yannis Ypsilon ganz offensichtlich versteht, doch dann antwortet er so schnell, dass Sophia nur lachend die Hände zum Himmel wirft. Als wir weitergehen, erzählt uns Jannis: »Seit es hier keine Schule mehr gibt, muss Yannis Ypsilon jeden Tag auf die große Insel zur Schule fahren. Das ist richtig nervig, oft läuft das Ganze auch online, dazu hätte ich so gar keine Lust. Ich bin froh, in Deutschland zu sein.«

»Ja, es ist nicht übel«, meint Adonis und stößt Sophia neben sich an.

»Hätte schlimmer kommen können.« Sophia strahlt übers ganze Gesicht.

»Was für eine hübsche Stadt! Ich liebe all diese kleinen Gässchen und Cafés und Läden«, ruft Sophia begeistert und stürzt sich mit Schwung schon wieder in den nächsten Klamottenladen.

»Geht mir genauso. Ich find's auch echt super, ich liebe shoppen!«, murmelt Adonis und versucht, sie am Zipfel ihres Kleides festzuhalten, aber Sophia ist zu schnell und schon weitergestürmt. »Frauen«, stöhnt Adonis, wofür er, anstelle von Sophia, von mir einen Knuff auf die Schulter erntet. Ich folge Sophia in den kühlen Laden.

»Mist, wir haben nicht genug Geld. Es wäre so cool, wir beide würden uns diese tollen bestickten, langen Hemden kaufen, findest du nicht? Diese Tunika hier«, sagt Sophia. Dabei rauscht sie mit einer Hand durch die Bügel, an denen all die Klamotten hängen.

»Frag doch mal Adonis, ob er dir eine kauft!«, necke ich. Kurz darauf verlassen wir beide kichernd den Laden und sammeln die Jungs wieder ein, die vorne auf der Hafenmauer sitzen und den Anglern zugucken.

»Was machen wir jetzt?«, fragt Adonis. Plötzlich erhellt sich sein Gesicht. »Ha! Jannis! Heute ist Donnerstag!«

»Ich weiß. Na und?«

»Das bedeutet Tanzabend! Wie cool ist das bitte!«

Jannis verzieht gequält den Mund. »*Oh no!* Ist der nicht Freitags?«

Ohne auf den Kommentar einzugehen, erzählt Adonis Sophia und mir: »In Griechenland tanzen alle für ihr Leben gern. Auch die Jungs!« Sophia sieht mich verwundert an, ich zucke die Schultern.

»Die meisten zumindest«, murrt Jannis.

»Ach ja, Adonis …«, setzt Sophia an. »Bei Tanzabend fällt mir ein: Da drin hängt so eine hübsche weiße Tunika, die wäre einfach perfekt für heute Abend!«

»Haha, schöner Versuch«, sagt Adonis. »Ich habe gerade mein letztes Erspartes für Eistee und Trinkschokolade ausgegeben.«

»Guckt mal, da ist Helena!«, unterbreche ich sie, um davon

abzulenken, dass ich gar nicht tanzen kann. Helena steigt plötzlich ein paar Meter entfernt aus ihrem Auto. »Helena!«, rufe ich.

»Luzy! Na, so was! Ich muss dir unbedingt etwas erzählen, gerade hatte ich überlegt, wie ich dich erreichen kann. Es hat sich etwas ereignet in unserer Mission …« Sie zwinkert mir verschwörerisch zu.

Und ich spüre drei weitere Augenpaare, die mich sehr neugierig angucken.

Rechts herum und links herum

»Bist du dir wirklich sicher?«, frage ich Helena nun schon zum hundertsten Mal. Helena nickt strahlend. Sie nimmt noch eine dritte Tunika von der Stange und geht mit den drei weißen, bestickten Hemden über dem Arm zur Kasse. Scheinbar kennt sie die Verkäuferin, aber wahrscheinlich kennt einfach wirklich jeder jeden auf dieser Insel. Die junge Frau vom Laden und Helena reden viel und schnell auf Griechisch miteinander, dann reicht sie Helena die drei Kleidungsstücke, und Helena gibt ihr zehn Euro.

»Hä? Aber die haben doch viel mehr gekostet!«, sagt Sophia.

»Das stimmt, aber Juliana wollte, dass ihr sie bekommt, sie hatte euch vorhin schon im Laden beobachtet. Sie ist eine Freundin von mir«, erklärt Helena.

»Das ist ja so was von nett«, ruft Sophia, und wir beide rennen in den Laden zurück und sagen mehrmals *»Thank you« und »Efcharistó«* zu der lachenden Juliana.

»Klar, dass wir die heute beim Tanzabend anziehen, oder?«,

sagt Helena zu uns. Wir treffen Jannis und Adonis vor dem Laden wieder. Helena redet weiter: »So einen griechischen Tanzabend dürft ihr echt nicht verpassen, Luzy und Sophia. Ich sage Alex Bescheid, dass ich euch alle später mit dem Auto nach Hause fahre.«

»Okay, das ist dann wohl entschieden«, murrt Jannis.

»So ist es!« Helena lacht. »Wir haben ja noch ein bisschen Zeit. Gehen wir was essen?« Sie sieht auf ihr Handy. »Nikos müsste auch gleich da sein.« Und dann hat sie auch schon eine Taverne vorne am Wasser angesteuert, wo der Kellner nicht viel später duftende griechische Häppchen auf unseren Tisch stellt. Ich erkenne den Kräuterquark Tzatziki und Brot und sehe viel gebratenes und überbackenes Gemüse und Fleischbällchen. Helenas Zopf wippt unternehmungslustig auf und ab, während sie uns von ihrer Arbeit in der Apotheke erzählt und von dem Haus, das Nikos und sie sich gerade umbauen. Sie raunt mir zu: »… das man aber auch ohne Probleme vermieten kann, für den Fall, dass wir dort doch nicht einziehen.« Sophia runzelt fragend die Stirn, sagt aber nichts.

Als wir fast schon mit dem Essen fertig sind, kommt Nikos.

»Na, Kleiner«, sagt er zu Jannis und klopft ihm brüderlich auf die Schulter, Adonis gibt er High five. Ich sehe, dass Nikos Jannis besorgt ansieht, aber Jannis guckt direkt weg. Wahrscheinlich hat er sich dafür entschieden, dass der Tag heute zu schön ist, um Probleme zu wälzen.

Nachdem Nikos für alle bezahlt hat, mit den Worten »Für etwas muss es ja gut sein, wenn der große Bruder schon arbeitet«, verschwinden Helena, Sophia und ich auf die Restaurant-Toilette, um uns umzuziehen. Weil ich ein Sommerkleid anhabe, bleibt mir nichts anderes übrig, als die bestickte Tunika einfach darüberzuziehen, die anderen beiden tragen sie über ihren kurzen Hosen. Ich betrachte mich skeptisch im Spiegel, aber Helena sagt: »Entzückend! *Beautiful* wunderbar!« Dann fragt sie: »Darf ich?« Sie zeigt auf meine Haare. Als ich nicke, sammelt sie meine Locken zu einem Zopf zusammen und bindet sie hoch. »Du hast so tolle Haare!«, schwärmt sie.

»Findest du?« Ich gucke noch mal genauer hin. »Aber deine sind doch genauso!«, sage ich leise.

»Oh, schön wär's«, erwidert Helena stirnrunzelnd. »Aber ich nehme das als Kompliment.« Sie lächelt mir im Spiegel zu. »Obwohl … irgendwie hast du recht. Vielleicht bist du ja eine heimliche Cousine von mir! Hier bei uns sind alle um ein paar Ecken verwandt!« Mir wird warm und wohlig, und ich fühle, wie meine Schritte federn, als wir zu den anderen zurückgehen.

Wir sehen die drei Jungs wieder auf der Hafenmauer sitzen. »Wie früher!« Helena lacht. »Auf dieser Mauer haben sie auch früher schon immer gehockt! Nikos und ich waren in der Grundschule in einer Klasse, wir waren alle auf derselben Schule«, erzählt sie Sophia und mir. »Kommt, wir holen sie ab, und dann gehen wir zum Dorfplatz.«

»Oh, là, là! Die Damen«, macht Adonis, als er aufschaut und wir in unseren neuen Hemden vor den dreien stehen.

Sophia rollt die Augen, ich werde wahrscheinlich rot, und Helena lacht.

Schon von Weitem hören wir Musik. Und ich sehe zwei Männer in einer Art Kostüm nebeneinander tanzen. Sie machen sehr schnelle Bewegungen mit den Beinen, werfen sie vor und zurück, dann wieder fassen sie sich an den Schultern, wie zur Umarmung. Die Musik kommt von ein paar schick angezogenen Männern und Frauen, die mit ihren Instrumenten am Rand stehen und nun immer schneller spielen. Die tanzenden Männer bewegen die Füße im Takt der Musik.

»Wow«, mache ich. »Kannst du das?«, frage ich Adonis neben mir.

»Klar«, antwortet er ernst. »Jeder kann das.« Als das Lied zu Ende ist und von allen Seiten Klatschen ertönt, geht Adonis schnurstracks in die Mitte des Platzes, genau wie viele andere Jugendliche und Erwachsene. Adonis winkt Sophia zu. »Komm!«

»Gleich, beim nächsten Tanz«, antwortet Sophia. Dann guckt sie sehr konzentriert auf ihr Handy. Nikos gesellt sich zu Adonis auf die Tanzfläche – auch genannt Marktplatz. Diesmal ist es ein anderer Tanz, alle bewegen sich im Kreis. Helena kommt zu mir und nimmt meine Hand. »Komm, Luzy, wir machen mit.« Scheinbar bleibt mir nichts anderes übrig, als ihr zu folgen und mich in den Kreis einzureihen. Adonis kommentiert: »Cool, dass du gleich mitmachst, Luzy.« Er winkt Jannis heran, der aber immer noch neben Sophia am Rand steht und den Kopf schüttelt.

Weil ich sehr konzentriert versuche, die richtigen Schritte zu machen, wird mir warm. Meine Schwester und Jannis stehen immer noch zusammen am Rand und gucken nun beide auf Sophias Handy. Sie lachen. Ich kann jetzt nicht darüber nachdenken, sonst stolpere ich.

Nikos streckt vor mir einen Daumen in die Luft. »Luzy macht es super!«, ruft Helena ihm zu. Ich atme auf und werfe ein etwas gequältes Lächeln in die Runde.

Am Ende tanzen alle. Auch Sophia und Jannis scheinen auf einmal Spaß zu haben. Sophia kann einige der Tänze richtig gut, als hätte sie das schon mal gemacht. Jannis raunt mir im Vorbeitanzen zu: »Sie hat eben auf YouTube geübt.« Typisch Sophia.

Bei vielen Tänzen wechselt man reihum den Tanzpartner. Ich freue mich immer, wenn ich mit Jannis tanze, dann sagen wir jedes Mal etwas anderes zur Begrüßung.

»Na, Aktivistin!«, sagt Jannis.

»Oh, die panierte Scholle wieder.«

»Eistee-Fan …«

»Hi, Weltretter«, sage ich zu ihm beim nächsten Mal. Als ich mit Nikos tanze, bemerkt er: »Na, Luzy, du siehst so aus, als hättest du schon wieder einen neuen Plan im Sinn!« Aber weil er das sehr freundlich sagt, denke ich, dass Helenas Mission vielleicht wirklich schon Erfolg hatte. In meinem Bauch kribbelt es.

»Mal sehen!«

Als Adonis und ich uns wiederum an den Händen halten, raunt er mir zu: »Guck mal, der Kleine, von wegen, er mag nicht tanzen!« Wir schauen beide zu Jannis und müssen lachen. Denn er dreht und wirbelt, lacht und fliegt mit wehenden Strubbelhaaren durch die Menge und hat scheinbar den Spaß seines Lebens. Ich persönlich stolpere sehr viel über meine Füße und springe und hüpfe immer wieder einfach mit. Auffallen tut das wahrscheinlich sowieso keinem im Gedränge.

Als wieder ein Tanz zu Ende ist und wir durchschnaufen können, zeigt Sophia zum hinteren Ende des Platzes. »Guck mal, Dimitri ist wieder da! Wo war er denn die letzten Tage? Ich habe ihn gar nicht gesehen.« Obwohl die Musik gerade nicht spielt, tanzt Dimitri eng umschlungen mit Talia im Schatten der Schirme eines Restaurants langsam weiter. Vom Trubel scheint er nichts mitzukriegen.

»Wo er war? Keine Ahnung.« Ich zucke die Schultern, weil mir erst jetzt auffällt, dass Dimitri wirklich, wie angekündigt, direkt nach Jannis' Rückkehr verschwunden ist. Auch bei unserer Präsentation gestern war er nicht dabei. Aber warum nur?

»Oh, là, là«, macht Adonis, als er die beiden dann auch entdeckt. Er raunt Sophia und mir zu: »Spinne ich? Hat er sich nun echt den Bart abrasiert?«

Ich gucke mich noch einmal unauffällig zu ihm um und nicke. »Auf jeden Fall ist er sehr kurz. Hm, irgendwas ist da im Busch.«

Dann beginnt ein neuer Tanz, zu neuer Musik. Immer wieder halten alle drei Jungs mitten in der Bewegung an, weil sie irgendjemanden begrüßen und umarmen müssen, den sie lange nicht gesehen haben: alte Leute, junge Leute, Kinder, die alle heute zusammen tanzen und Spaß haben. Gerade als ich das denke, sagt Helena neben mir in der Reihe: »Guck mal, die tanzt auch mit«, und zeigt auf eine graue Katze, die am Rand des Platzes auf und ab schleicht. Ich muss lachen. Dann raunt Helena mir zu: »Luzy, Nikos hat eben zu mir gesagt, dass …« In dem Moment wechselt die Tanzrichtung, und Helena muss sich in die andere Richtung, von mir wegdrehen. »Gleich!«, ruft sie mir zu.

Kurz darauf stehen wir beide dann am Rand nebeneinander. Eine Verschnaufpause vor dem nächsten Lied. »Was ich eben sagen wollte …«, setzt Helena an. Da stürmt Nikos von der Tanzfläche auf sie zu, verschwitzt, glücklich und torkelnd von den letzten Drehungen. Er breitet seine Arme weit aus und drückt Helena fest an sich. »Helena! Eben gerade beim letzten Tanz hatte ich eine Eingebung. Ich weiß jetzt, was ich machen will. Ich übernehme Phileas' Laden und mache etwas richtig Geniales draus! Einen Laden mit Café, Bar – und jeden Donnerstag Tanz!«

Helena und ich sehen uns ungläubig an. Helena macht unter der Umarmung ein leises »Yes!« zu mir.

Nachrichten aus der Nacht

»Und weißt du was? Ich habe Leon vorhin getroffen, du weißt schon, aus unser Klasse früher. Was ist das bitte für ein Zufall! Er ist mit der Ausbildung fertig und sucht nach einem Betrieb, den er übernehmen kann, am liebsten würde er in den Olivenhandel einsteigen! Noch ein paar andere Produkte dazu wären ihm auch recht. Das gibt's doch nicht! Und ich habe auch schon an unsere Freundin Sue gedacht, vielleicht hat sie Lust, wieder nach oben zu ziehen. Seit ihr Bruder Kinder hat, redet sie doch ständig davon, wie schön es für Kinder wäre, im Dorf oben aufzuwachsen. Ach ja, und mir ist noch was eingefallen: Ich frage Kostas, er will sich ja gerade selbstständig machen, eine Tischlerei würde sich da oben bestens machen.«

Helena hat ihr Auto am Hafen stehen lassen, und wir sitzen nun in Nikos' Auto. Im offenen Wagen ist es sehr laut, die Haare fliegen mir vom Fahrtwind um die Ohren, aber ich versuche konzentriert, dem Gespräch vorne zu lauschen und – kann es einfach nicht fassen. Helena sieht mich im Rückspiegel triumphierend an. Ihre Augen blitzen im Licht der mageren Straßenbeleuchtung. Sie sagt zu Nikos: »Die Ideen sind alle gut, Nik, aber lass uns alles bitte noch mal in Ruhe überlegen. Vergiss nicht, dass du nie im Betrieb deiner Eltern arbeiten wolltest. Bitte jetzt nichts überstürzen.«

»Aber das ist ja das Geniale! Ich würde ja auch nicht in ihrem Betrieb arbeiten! Das ist ja dann Leons Job! Ich baue mir Phileas' Laden um und mache da etwas richtig Geniales draus. Und … eine gute Apotheke braucht man irgendwann auch, das ist klar, oder? Aber was das Wichtigste ist: Wir beide wohnen in unserem schönen Ort! Wie früher!« Es klingt ein bisschen so, als würde Nikos jetzt mit tränenerstickter Stimme reden.

Helena nimmt seine Hand, die nicht das Lenkrad hält, und sagt: »Das klingt wirklich fantastisch!« Wieder sieht sie durch den Rückspiegel zu mir. Ich stoße ein paarmal Jannis an, aber der schnarcht einfach weiter. Und weil Adonis und Sophia schon die ganze Fahrt über flüstern und herumturteln, bin ich die Einzige, die die großartige Nachricht mitgekriegt hat.

Ich spüre Jannis' Kopf an meiner Schulter, sehe Helenas strahlende Augen im Rückspiegel, und in mir drin hüpft und blubbert es wie wild.

Kurz darauf höre ich Nikos fragen: »Sag mal, Helena, hast du eigentlich eine Idee, was Dimitri da wieder ausheckt? Hast du ihn gesehen? Ohne Bart …«

Ich kann die Antwort nicht verstehen. Oben am Haus angekommen, taumeln wir alle nur noch aus dem Auto, und jeder fällt, auf seine Weise glücklich, ins Bett.

»Es passieren wirklich Wunder!« Jannis' Lächeln geht buchstäblich von einem Ohr bis zum anderen, wie Opa Peter sagen würde. Er rauft sich die strubbeligen Haare. »Soll ich erzählen?«

Ich setze mich in meinem Bett auf und nicke. »Klaro Klärchen, schieß los!« Sophia und ich haben nach dem späten Ins-Bett-Gehen sehr lange geschlafen, selbst Sophia war nicht am frühen Morgen joggen, sondern schnarchte noch neben mir, als ich irgendwann von der Wärme im Zimmer aufgewacht bin. Die Sonne schien mir sehr hell und grell auf die Nase, und ungläubig stellte ich fest: elf Uhr! Und mindestens genauso ungläubig denke ich immer wieder an das Gespräch von Nikos und Helena im Auto. Das war kein Traum, oder?

Zum ersten Mal in diesen Ferien habe ich dann nach Anziehen, Zähneputzen und Frühstück mein Buch aufgeschlagen. Ich habe gemütlich auf dem Bett gelegen und gelesen, Sophia hat was für die Schule gemacht. Klar, dass Sophia davon Mama und Papa ein Foto geschickt hat. Von der Welt da draußen haben wir nichts mitbekommen.

Sophia sitzt noch immer mit Kopfhörern auf den Ohren am Tisch und runzelt die Stirn über ihren Aufgaben, während Jannis sich zu mir aufs Bett setzt. »Du wirst es nicht glauben, Luzy, es ist etwas absolut Magisches geschehen!«

»Hat es was mit Nikos zu tun?«

Jannis nickt. »Woher weißt du das? Egal, ich lasse jetzt mal direkt den Esel aus dem Sack: Nikos will Phileas' Laden übernehmen, er will daraus ein Café machen! Es soll ein neuer Treffpunkt für das Dorf werden, wo jeden Donnerstag Tanz ist.«

Ich muss lachen.

»Was ist?«

»Na ja, weil das doch genau unsere Idee ist!«

»Aber … aber er hat gesagt, dass ihm die Idee erst gestern beim Tanzabend gekommen ist, ganz spontan. Es hat gar nichts mit unserem Plan zu tun, denn …« Jannis stockt. Plötzlich sieht er nachdenklich aus. »Meinst du? *Unsere* Idee? Aber warum hat er dann gesagt, es ist seine Idee?«

»Na ja, weil er die Dinge eben selbst entscheiden möchte. Aber eigentlich ist es auch egal, oder?«

»Absolut«, sagt Jannis langsam. Er mustert mich. »Sag mal, bist du gar nicht überrascht?«

»Na ja, im Gegensatz zu dir habe ich gestern im Auto nicht geschlafen. Dabei habe ich übrigens auch noch erfahren, dass …«

»Nikos Freund Leon den Betrieb übernehmen möchte? Und irgendjemand hat noch eine Tischlerei, und es ging noch um Susi? Sue, kann das sein?«

Ich nicke. »Klar, Leon, Kostas, Sue – weiß ich alles«

Jannis zieht die Mundwinkel herunter.

»Übrigens hat Sues Bruder gerade Kinder bekommen …« Ich muss lachen.

Jannis wirft ein Kissen nach mir. »Das gibt's doch nicht, dass du alles schon weißt! Also, das war das letzte Mal, dass ich im Auto geschlafen habe! Aber … eine letzte Sache habe ich noch: Du kannst noch nicht wissen, dass wir heute Morgen schon mit Phileas telefoniert haben und er mit allem einverstanden ist!«

»Punkt für dich.« Ich strecke beide Daumen in die Luft. »Und das ist wirklich super.« Ohne zu wissen, wie mir geschieht, federe ich aus dem Bett. Ich fasse Jannis an beiden Händen, ziehe ihn hoch und drehe mich mit ihm im Kreis herum. Dann forme ich die Hände zu einem unsichtbaren Mikrofon und spreche mit lauter Stimme hinein: »Und wieder einmal haben Superjannis und Superluzy in ihrer Mission gesiegt. In den letzten Monaten hat man schon öfter von den beiden gehört, aber diesmal haben sie sich wirklich selbst übertroffen!«

Sophia hebt den Kopf aus ihrem Geschichtsbuch und guckt uns mit gerunzelter Stirn an: »Ist was passiert?«

»Nö, nichts Besonderes. Unsere Eltern haben nur gerade offiziell verkündigt, dass sie hier doch nicht alles verkaufen werden. Der Hof soll erst mal an einen Freund von Nikos und Helena vermietet werden – bis wir alle zurück auf die Insel kommen«, sagt Jannis.

Sophia guckt erst sehr erstaunt, dann ungläubig und dann sehr glücklich. Sie springt auf und nimmt Jannis und mich nacheinander in den Arm. »Das ist ja die beste Nachricht des Urlaubs! Ihr müsst mir auf der Stelle alles erzählen!«

Verwundert darüber, wie wenig man mitbekommen kann,

wenn man mit seinem Crush im Auto sitzt oder sich in seine Schulsachen vertieft, haben Jannis und ich gar kein Problem damit, die Neuigkeiten des Tages haarklein noch einmal zu erzählen.

Neues Kraut, neues Glück

»Woow!«, macht Sophia. Ungläubig sieht sie von einem zum anderen. Nach unserem kleinen Tänzchen stehen Jannis, Sophia und ich uns im Zimmer in einer Art Kreis gegenüber, Sophia baumeln die Kopfhörer noch um den Hals. »Was sagt Adonis dazu? Ich muss ihn unbedingt sofort sehen!«, ruft sie.

Jannis' Mundwinkel zucken. »Ich glaube, er findet es nicht so übel.« Dann sieht er zu mir. »Luzy, Helena war heute Morgen auch dabei, Nikos und sie haben hier oben übernachtet. Die zwei haben die ganze Familie in der Küche für eine Besprechung zusammengetrommelt. Meine Eltern waren ziemlich schnell einverstanden mit ihrer Idee – nachdem sie Nikos noch ein bisschen auf den Zeh gefühlt haben, ob er es auch wirklich ernst meint. Gleich fahren wir zusammen los, ein paar Leute treffen, Dinge organisieren, und wir wollen Phileas im Krankenhaus besuchen.«

»Na, da ist unser Plan ja wohl aufgegangen«, stelle ich zufrieden fest.

Jannis nickt. »Und ob. Und … du kannst schon bald anfangen, Kräuter zu sammeln, sagt Helena, damit sie sie alle einordnen und benennen kann.«

»Klar«, strahle ich ihn an.

»Dabei helfe ich dir auf jeden Fall!«, ruft Jannis. »Aber jetzt muss ich erst mal los, meine Eltern warten sicher schon.«

»Ist gut«, sage ich und schnappe mir wieder mein Buch, mit dem ich nach draußen verschwinde, wo vor Sophias und meiner Haustür ein alter Korbsessel, einsam und einladend zugleich, im Halbschatten steht und schon länger vergeblich auf mich gewartet hat. »Ich glaube, ich würde das hier gerade als ›Ruhe vor dem Sturm‹ bezeichnen«, sage ich zu Jannis.

Jannis nickt. »Bei Nikos sieht es ganz anders aus. Der hat schon heute Morgen mit allen möglichen Leuten telefoniert, mit denen er sich später in Phileas' Laden trifft. Es würde mich nicht wundern, wenn er schon die ersten Wände eingerissen hätte.«

Wir drei stehen nun draußen vor unserem Häuschen. Von der Küche aus sehe ich Jannis' Mutter durch die große Scheibe winken. Hektisch läuft sie drinnen auf und ab, anscheinend telefoniert sie. Mit ihrer typischen Bewegung richtet sie sich mit einer Hand den Zopf. Ich winke fröhlich zurück, und sie streckt einen Daumen in die Luft. Dann läuft Jannis zu ihr, und ich sehe, dass sie ihn in den Arm nimmt. Sophia hüpft fröhlich in Richtung Adonis' Zimmer.

Jannis steckt einen Kopf aus der Küchentür und ruft ihr nach: »Sophia! Sag Adonis, er soll zum Auto kommen, wir müssen gleich los. Also eigentlich sofort!«

Nachdem ich ein paar Seiten gelesen habe, höre ich vorne am Parkplatz Alex' weißes Auto hupen. Ein paar Meter entfernt sehe ich Sophia und Adonis stehen. Sie küssen sich. Beim zweiten oder vielleicht auch dritten Hupen zucken sie zusammen, Adonis macht einen großen Satz zum Auto, in dem schon Alex, Nikos, Jannis und Aris warten. Sophia spurtet, das Gesicht unter den Haaren versteckt, in meine Richtung los.

»Oh, là, là«, mache ich, als ich Sophias Gesichtsausdruck sehe. Sophia rauft sich die Haare. »Wie peinlich! Ich habe echt nicht gesehen, dass sie da alle schon im Auto warten.«

Am nächsten Morgen bin ich früh wach. Den ganzen gestrigen Tag über hatte ich das Gefühl, auf Wolken zu wandern: als Jannis und ich, nach seinem Ausflug, in Phileas' Laden waren und uns den Umbau noch mal vor Ort vorgestellt haben, als ich Postkarten an Jakob und Flo geschrieben und mit Papa telefoniert habe, und dann auch noch später, als Jannis, Adonis, Sophia und ich am Abend ins Meer gehüpft sind. Bei jedem Sonnenstrahl auf der Haut habe ich mich für Jannis und seine Familie gefreut, dass sie dieses Paradies behalten werden. Und für mich habe ich mich gleich mit gefreut.

Heute nun steht das Kräutersammeln mit Jannis an – womit unser Projekt wirklich beginnt.

Wir beide treffen uns nach dem Frühstück vor dem Haus und laufen los in Richtung Stall. Wir wollen Tzatziki als so eine Art Trüffelschwein nutzen, er soll die geeigneten Kräuter für uns finden.

»Am besten, wir lassen Tzatziki in Ruhe am Hang schnuppern und fressen. So kriegen wir heraus, was er am liebsten mag. Und dann hoffen wir mal, dass das schön viele verschiedene Kräuter sind«, sage ich. Wir haben von Ya-ya zwei altmodische Körbe zum Sammeln bekommen. Als wir eben bei ihr in der Küche waren, hat sie ihren Enkelsohn so fest in den Arm genommen und auch wenn ich die Worte nicht verstanden habe, habe ich gesehen, dass sie Tränen in den Augen hatte.

»Ein wahres Kräuterregal, das hat Dimitri gesagt, als wir hier am ersten Abend angekommen sind, weißt du noch?«, frage ich. Jannis nickt. Mit geschlossenen Augen schnuppert er an einem grünen Büschel in seiner Hand. »Diese hier frisst Tzatziki am liebsten, Helena muss unbedingt herausfinden, wie sie heißen. Aber ich mag auch gerne dieses Einschlafkraut riechen. Lavendel ist das, nicht?«

Ich nicke. »Ja, das riecht nach früher. Ich hatte so ein Lavendelsäckchen zum Einschlafen! Solche könnte man später auch im Laden verkaufen!«

»Genial«, murmelt Jannis. Und dann arbeiten wir uns durch die Büsche. Neues Kraut, neues Glück – jeder ist in seine grünen Blättchen versunken. Obwohl ja erst Frühling ist, brennt mir die

Sonne ganz schön auf den Kopf. Jetzt bräuchte ich Opa Peters verwaschenen, blauen Sonnenhut …

»Na, ihr zwei Kräuterkinder, wie geht's euch?« Das ist Opa Peters Stimme.

Ich gucke hoch. »Supermegagut, und dir?«

»Mir auch. Ich bin über die Nachricht glücklich wie ein Honigkuchen-Esel«, sagt er. Er beugt sich zu mir herunter. »Wir wissen es besser, aber wir lassen Nikos mal in dem Glauben, dass es sein Einfall war. Hauptsache, das Endergebnis stimmt, was?«

Ich nicke und sage großzügig: »Yep. Damit kommen wir klar.«

Opa Peter sieht erst zu Jannis und dann zu mir. »Luzy und Jannis, ihr seid ja so richtige Kraftpartner!«

Ich sehe meinen Opa verwirrt an. Mit 99,9-prozentiger Wahrscheinlichkeit werde ich rot, als ich augenrollend sage: »*Power Couple* sagt man, Opa Peter.«

»Na, wie auch immer.« Er lacht, und Jannis lacht höflich mit. Mein Opa redet weiter: »Im Ernst, das haben die Leute von Käthe und mir auch immer gesagt, dass wir zusammen so eine Energie ausstrahlen und …« Als ich schon fast Muskelkater vom ganzen Augenrollen bekomme, stockt Opa Peter und sieht sich suchend um. »Sagt mal, wo ist eigentlich Tzatziki?«, fragt er. »Ich war mir sicher, er ist bei euch.«

»Ist er ja auch, er findet für uns die Kräuter«, nuschelt Jannis, einen Grashalm lässig im Mundwinkel. Dann guckt auch er sich um. Genau wie ich. »Ähem, also eigentlich ist der Esel hier …«, stottert Jannis.

»… *war* er«, verbessere ich, denn von Tzatziki ist hier keine Spur zu sehen. Ich drehe mich dreimal im Kreis, um den ganzen Hang unter die Lupe zu nehmen. »Wie seltsam.«

Und damit ist das Kräuterpflücken für heute erst mal zu Ende. Schnell bringen wir die Körbe mit den ersten Kräutern auf die Terrasse und machen uns alle drei in verschiedene Richtungen auf, unseren grauen Freund zu suchen.

»Und?«, fragt Jannis, als wir uns wenig später wieder am Schotterweg vor dem Haus treffen.

»Nichts«, sage ich.

Opa Peter kommt die Straße herunter und zuckt ebenfalls die Schultern. »Ich würde vorschlagen, wir gehen zu Giorgio, das ist zwar ein Stück weg, aber Tzatziki liebt es dort.« Und schon humpelt Opa Peter pfeifend los, und wir folgen. Als ich ihn angucke, fängt er leise an zu singen: *»Love is in the air. Everywhere I look around …«* Jannis und ich gehen schulterzuckend neben ihm her.

»Erklär ich euch später«, sagt Opa Peter schmunzelnd.

Natürlich kennt Jannis die Töpferei von Giorgio. Auch mit Giorgio ist er ja über Ecken verwandt, und auch hier wohnen wieder Cousins und Cousinen. »Ich war das letzte Mal als Kind hier, in den letzten Jahren hatten wir mit ihnen irgendwie gar nichts mehr zu tun«, flüstert Jannis mir zu, als wir durch die Ladentür in die Töpferei spazieren. Von hinten hören wir ein surrendes Geräusch, das dann aber verstummt. Ein weißhaariger Mann mit tonverschmierter Schürze tritt aus dem rückwärtigen Teil des Ladens durch einen Vorhang. »*Hey, Pieter!*« Er spricht den Namen sehr amerikanisch aus, kommt auf uns zu und klopft meinem Opa brüderlich auf die Schulter. Dann redet er auf Griechisch los, und Opa Peter antwortet lachend auf Deutsch. »Ja, mir geht es prima.« Mein Opa nickt und macht eine kleine Verbeugung. »Ich hatte einen schönen Morgen, nur der Kaffee fehlt mir noch.« Er hält eine unsichtbare Tasse an den Mund und tut so, als würde er trinken, woraufhin Giorgio kurz auflacht und dann nach hinten in den Laden verschwindet. Mit zwei vollen Kaffeebechern in der Hand taucht er wieder auf. Erst jetzt scheint er Jannis und mich wahrzunehmen. Jannis begrüßt er höflich und überrascht gleichzeitig, und mir reicht er die Hand, die sich sehr seltsam anfühlt, weil sie voll mit getrocknetem Ton ist. Für einen Moment mustert Giorgio Jannis von oben bis unten. Bestimmt sagt er so etwas wie: »Groß bist du geworden.« Er nickt ihm wohlwollend zu und geht dann nach draußen vor den Laden, wohin wir ihm folgen. Im Gehen stupst Opa Peter seinen Kumpel an und sagt: »I-ah, I-ah«, dabei zieht er die Schultern hoch. Giorgio fängt an zu lachen und erklärt Jannis, den er selbstverständlich als Übersetzer sieht, lang und breit etwas auf Griechisch.

»Er ist hier«, raunt Jannis uns zu. Weil Giorgio sehr schnell und sehr begeistert weiterredet, setzt Opa Peter sich schon mal entspannt auf einen der Stühle an der etwas abschüssigen Straße, Giorgio auf den anderen, und Jannis und ich quetschen uns nebeneinander aufs Mäuerchen an der Hauswand. Das hier ist so ein typisches weißes Haus, wie man es von Postkarten kennt. Die Eingangstür und die blau gestrichenen Fenster sind umrankt von Pflanzen mit pinken Blüten, die an den Scheiben herabbaumeln.

Ich flüstere Jannis zu: »Aber wo genau ist Tzatziki?«

Jannis zuckt die Schultern, dabei hört er weiter Giorgios Redeschwall zu, bis dieser endlich eine Pause macht, sodass Jannis übersetzen kann: »Tzatziki ist hinten bei Giorgios Esel, den sie alle nur ›Die Eselin ohne Namen‹ nennen. Giorgio sagt, dass Tzatziki und die Eselin verliebt sind und …«

Opa Peter lacht und formt in Giorgios Richtung ein Herz mit beiden Händen, sagt dabei »I-ha« und beide kichern wie zwei Schuljungs. Jannis fährt fort: »Giorgio hat außerdem gesagt, wir dürfen die Eselin gerne mit zu uns in den Stall nehmen, damit die zwei zusammen sein können. Sie ist ihm nämlich erst vor ein paar Monaten zugelaufen und steht hier nun ganz allein auf der Wiese, da Giorgio sonst keine Tiere hat. Esel mögen keine Einsamkeit.«

»Klaro Klärchen!« Opa Peter strahlt und streckt zu Giorgio einen Daumen in die Luft. »Wir nehmen die Eselin Saganaki mit!« Er raunt mir zu: »Erinnerst du dich?«

Ich nicke. Als im letzten Winter Adonis und Sophia zusammengekommen sind, hatte mein Opa verkündet, dass Tzatziki nun nur noch eine Eselin mit dem Namen Saganaki finden müsste. Inzwischen weiß ich, dass *Saganaki* eigentlich ein köstlicher überbackener griechischer Käse ist – der perfekt zum Kräuterquark Tzatziki passt.

Jannis fragt Giorgio etwas, woraufhin sich dessen Gesicht in tausend Lachfältchen legt. Wie lustig ist das, bitte! Obwohl Opa Peters Freund ein paar Jahre jünger ist als er, hat er genau die gleiche Art zu lachen und strahlt eine ähnliche Freundlichkeit aus. Giorgios weiß-graue Haare stehen ihm wie fluffige Wölkchen vom Kopf ab, die Brille mit dem dicken schwarzen Gestell verleiht ihm etwas Künstlerisches. Jannis springt von der Mauer und zieht mich an der Hand mit sich. »Komm, wir gucken mal, wie es Tzatziki geht«, und wir laufen ums Haus herum nach hinten, wo wir über einen steinigen Hof zu einer Wiese kommen.

»Früher waren wir öfters bei meinen drei Cousins und meiner Cousine. Ich weiß noch, dass sie alle immer eher Musikinstrumente gespielt und gelesen haben, als dass sie mit uns zum Strand gefahren sind. Irgendwie gab es unter den Erwachsenen dann Streit, keine Ahnung, warum. Jetzt sehen wir uns nur noch auf größeren Familienfesten.« Jannis legt den Finger an den Mund und denkt nach. »Giorgio ist Papas Cousin«, sagt er langsam. »Stimmt! Also sind sie für uns Cousins um eine Kurve herum!« Er redet leiser. »Giorgios Frau ist vor ein paar Jahren abgehauen.« In dem Moment streckt ein Junge, etwa in Nikos Alter, den Kopf um die Hausecke, nickt Jannis ein wenig grimmig zu und verschwindet direkt wieder. Jannis zuckt die Achseln. »Komm, Luzy!«

Wir hören die Esel schon aus einiger Entfernung schnauben und rascheln. Sie stehen nebeneinander auf der Wiese. Tzatziki schmiegt seinen Hals an den einer hübschen hellgrauen Eselin. Die zwei haben doch eine verblüffende Ähnlichkeit mit Adonis und Sophia heute Morgen! Als Tzatziki uns hört, zuckt er zusammen und kommt auf uns zugetrabt. Er schnaubt dabei leise.

»Ich verstehe schon, dass du dich entschuldigen willst. Entschuldigung angenommen«, flüstert Jannis seinem Esel zu. Wir betreten durch die Pforte die Wiese und kuscheln uns beide von zwei Seiten an Tzatziki. Die Eselin ist weggegangen und beäugt uns aus sicherer Entfernung. Jannis ruft ihr etwas auf Griechisch zu, aber sie bleibt stocksteif stehen und regt sich keinen Millimeter. Jannis hat den Kopf zu Tzatziki gesenkt, und ich höre ihn leise mit ihm reden. Nach einer gefühlten Ewigkeit richtet sich Jannis wieder auf und sagt: »Okay, wir haben alles besprochen. Saganaki kommt mit und wird zweite Vorsitzende des Kräuter-Schnupper-Unternehmens zur Rettung des Ortes.«

Leon, Kostas, Sue und das ganze Team

Wahrscheinlich sehen wir ziemlich witzig aus, wie wir da im Gänsemarsch – oder besser gesagt – Eselsmarsch – hintereinander die Schotterstraße entlanggehen. Beim Verabschieden haben Opa Peter und Giorgio noch über irgendetwas gelacht, und Opa Peter hat wieder sein *Love is in the air*-Liedchen gepfiffen. Ich hoffe doch sehr, dass es dabei nur um die Esel ging.

Und so marschieren wir dahin: Opa Peter, den hellblauen Sonnenhut auf dem Kopf, hat Tzatziki am Halfter. Jannis und ich spazieren dahinter mit Saganaki. Die Eselin trottet brav ihrem Freund nach. Immer wieder stupst sie ihn beim Gehen von hinten an, woraufhin Tzatziki ein schnaubendes Wiehern ausstößt.

»Na, was kommt denn da für ein fröhlicher Zug!«, begrüßt uns Helena vom Haus aus. Wir halten bei ihr an der Terrasse an. Beide Esel scharren gleichzeitig mit dem rechten Huf im Sand.

Helena sitzt auf dem Bänkchen, neben sich unsere Körbe. Der Ort hier scheint für sie so eine Art zweites Zuhause zu sein – schon jetzt. Vor sich auf dem Tisch hat sie die grünen Büschel ausgebreitet. Als wir näher kommen, sagt sie: »Guckt mal, ihr beiden, hier habt ihr schon mal Rosmarin, Thymian, Lavendel, Zitronenmelisse und Eisenkraut gepflückt – das Eisenkraut ist besonders gut für Tee.«

»Das ist ja auch genau das, was Tzatziki so gerne frisst!« Ich betrachte die grünen Blätter vor ihr.

»Eisenkraut ist irre gesund für Menschen, blutdrucksenkend, stimmungshebend, entspannend, beruhigend, entzündungshemmend …«, zählt Helena auf. »Ein wahres Wunderkraut.« Vor Helena auf dem Tisch liegt ein dickes Pflanzenbuch. »Ich muss noch mal nachlesen, wo und wie lange wir die verschiedenen Kräuter trocknen müssen …« Während Helena spricht, holt sie immer weiter Büschel aus dem Korb. Auf einmal sieht sie auf. Sie streicht sich eine lockige Strähne aus dem Gesicht. »Sagt mal, wo kommt eigentlich der zweite Esel her?«

Jannis sagt: »Das ist Saganaki, Tzatzikis Freundin. Die Eselin wird jetzt erst mal bei uns mit im Stall wohnen.« Er guckt verschmitzt. »Mama und Papa habe ich gar nicht gefragt, aber die Eselin ist ziemlich einsam, und die zwei mögen sich. Sie haben sich bei Georgio kennengelernt.«

»Meinst du *den Cousin* Georgio?« Fragend sieht Helena von einem zum anderen. »Habt ihr nicht irgendwie Streit mit der Familie?«

Jannis zuckt desinteressiert die Schultern. »Nun ja, wie du hier siehst, haben die Esel jedenfalls keinen Streit. Und Peter und Giorgio verstehen sich ebenfalls super. Stimmt doch, oder?«

»Das kannst du wohl sagen«, sagt Opa Peter. »Giorgio ist mein Freund. Er macht den besten Kaffee, und wir unterhalten uns fabelhaft mit Händen und Füßen!«

Nun ist Helena die, die die Schultern zuckt. »Na, umso besser.« Sie ordnet weiter grüne Büschel den Häufchen zu. »Ich habe mir übrigens überlegt, dass ich die Sache mit den Kräutern erst mal entspannt nebenher anfange. Meinen Job in der Apotheke unten behalte ich, bis hier alles auf sicheren Beinen steht.«

»Das klingt vernünftig«, lobt Opa Peter. Dann sieht er Helena plötzlich versonnen an und sagt: »Ihre Haare sehen wirklich toll aus.«

»Danke«, antwortet Helena.

Opa Peter sieht in die Ferne aufs Meer, bevor er dann sagt: »Meine Frau Käthe hat früher die Haare ganz ähnlich getragen, so hübsch hochgesteckt.«

Ein überraschter Seitenblick von Helena, und ich sage: »Du musst wissen, das ist das größte Kompliment, das mein Opa dir machen kann!«

Opa Peters Gesicht legt sich in seine tausend Lachfältchen. »Genauso ist es. Käthe hatte als junges Mädchen so schöne lockige Haare, ein bisschen wie Luzy. Ja, und … ein bisschen wie Sie.«

»Heimliche Cousinen, ich sag's doch«, flüstert Helena mir verschwörerisch zu.

»Genau!«, raune ich zurück.

Später gehen Helena, Jannis und ich bei Phileas' Laden vorbei. Nachdem die beiden Esel zu den aufgeregt gackernden Hühnern auf die Wiese vorm Stall gebracht wurden, hat Opa Peter sich für ein Nickerchen ins Zimmer zurückgezogen. »Kinder, mir wird es allmählich zu warm hier. Ich fange an, mein Häuschen am Kanal zu vermissen«, hatte er beim Verabschieden gemurmelt. »Gestern hat mein Freund Hein mich angerufen. Zu Hause sind es schöne fünfzehn Grad, Sonne und Wolken wechseln sich ab. Ich habe so das dumpfe Gefühl, ich bin doch mehr der nordeuropäische Typ und kein waschechter Grieche.«

»Aber nein, Peter, das Rezept heißt einfach nur Siesta, also Mittagspause. Sie machen es genau richtig! Hier bei uns sind mittags alle Läden und Geschäfte drei Stunden lang geschlossen, weil sich die Menschen im Kühlen ausruhen. Das ist absolut empfehlenswert«, hatte Helena ihm dann erklärt.

Am Laden angekommen, sehen wir, dass Nikos und sein Kumpel die Sache mit der Siesta auf jeden Fall ernst nehmen. Es ist mucksmäuschenstill. Als wir die Tür zum Laden bimmelnd öffnen, döst ein Typ, den ich nicht kenne, auf einem Stuhl in der Ecke und Nikos liegt auf einem Sofa, das ich ebenfalls nicht kenne. Scheinbar haben die beiden die Schicht heute Morgen übernommen, nebenher aber schon angefangen, zu entrümpeln und ein neues Sofa zu besorgen – ein guter Start fürs Café. Ein paar leer geräumte Regale stehen bereits draußen auf dem Fußweg, und in der Ecke vom Laden entdecke ich mehrere prall gefüllte Müllsäcke.

»Hi, Nik.« Helena zieht Nikos an den Zehen, die über die Sofalehne ragen – bei Nikos' Größe sind die wenigsten Sofas lang genug. Ich erinnere mich daran, dass der heimwehkranke Nikos im letzten Winter ganz ähnlich so in Deutschland auf der Couch lag, allerdings hatte er eine grüne Mütze auf dem Kopf, und seine Füße steckten damals in dicken Wollsocken.

Nikos schlägt erstaunt die Augen auf. »Oh, hi, du.« Dann entdeckt er Jannis und mich. »Hi, *ihr*!«

Ich winke zu ihm rüber, und Jannis sagt etwas auf Griechisch, woraufhin Nikos lacht. »Sie sind hart am Arbeiten«, übersetzt Jannis für mich.

Mit unerwartet viel Energie schwingt Nikos die langen Beine vom Sofa und setzt sich auf. Der Kerl auf dem Stuhl brummt nur. Nikos steht auf und schlägt ihm unsanft auf die Brust: »Hey, Leon! Pause zu Ende!«, woraufhin das Brummen zu einem Knurren wird. Dann ist dieser andere schwarzhaarige, große Kerl wohl Leon, der den Betrieb übernehmen will. In dem Moment tritt hinten aus dem Dunkeln des Ladens ein weiterer, diesmal blonder, etwas kleinerer Typ, der sich als Kostas vorstellt. Ich müsste mir mal eine Art Stammbaum aufmalen, wer aus Nikos' und Helenas Freundeskreis nun alles in das Projekt »Rettung des Dorfes« einsteigt. Okay, Tischler Kostas! *Tick!* Hof Leon! *Tick!*, Haken dahinter.

Leon blinzelt mit einem Auge ins Licht, das durch die geöffnete Tür fällt. Dann seufzt er tief, steht auf, begrüßt Helena mit einer Umarmung, gibt Jannis High five und mir höflich die Hand. »Deutsch *no*!«, sagt er zu mir, und ich sage: »Griechisch *no*!« Er lacht. »Englisch …« Er wiegt seine Hand in der Luft und deutet ein Kopfschütteln an. Ich mache dieselbe Bewegung, und dann lachen wir beide.

Nikos sieht sich im Raum um. »Jetzt, wo ihr schon da seid, könntet ihr uns kurz was helfen. Wir müssen die großen Bretter von hinten rausschaffen. Kostas wird uns neue Regale tischlern. Wir haben schon alles leer geräumt und abgebaut. Das Holz kann Kostas für seinen Schuppen gebrauchen.«

Und so schleppen wir ein Brett und eine Latte nach der anderen durch den stickigen Laden. Alles landet draußen an der Hauswand auf dem Fußweg. In dem Moment erschallen laute griechische Stimmen von der Straße.

Zwei rettende Engel

Sie sind zu Fuß gekommen. Als Erstes erkenne ich den Jungen von heute Mittag wieder, den Cousin von Jannis. Er ist mit zwei anderen Männern und einer Frau da.

»*Gia sou! Hello*, Nikos!«, höre ich einen der drei rufen. Nikos dreht sich um, genau wie Leon. Die drei Besucher gehen auf Nikos zu. Dann reden alle durcheinander. Die Stimmen werden immer lauter. Ich sehe hilflos zu Jannis, der hinter mir mit einem staubigen Brett unter dem Arm aus dem Laden kommt und konzentriert lauschend stehen bleibt. Ich höre ein paarmal den Namen Phileas, sonst verstehe ich nichts. Ich sehe zu Jannis und dann zu Helena, die sich an die Hauswand gelehnt hat. Helena zieht die Augenbrauen zusammen.

Sehr seltsam, eine stumme Beobachterin zu sein, die die Sprache nicht versteht. Ich sehe Menschen um mich herum, die sich aufregen. Ich höre immer lauter werdende Stimmen, aber ich habe keine Ahnung, worum es geht. Fragend gucke ich von einem zum anderen. Helena raunt mir zu: »Sie wollen nicht, dass Phileas' Laden zu etwas riesig Großem umgebaut wird und ein Umbau den ganzen Ort durcheinanderwirbelt. So ganz verstanden habe ich es auch noch nicht, auf jeden Fall wollen sie, dass alles bleibt, wie es ist. Bloß keine Veränderung, das war schon immer so.«

Dieser Streit spult sich wie ein Film vor mir ab, der fehlende deutsche Ton führt dazu, dass ich nicht die Bohne kapiere. Nikos schimpft laut und gestikuliert wild mit den Händen. Seine beiden Freunde Leon und Kostas halten sich, genau wie Helena, zurück – Familiensache eben. Jannis wirft ab und an einen Satz ein. Von der Gegenpartei redet vor allem der Größte. Der Junge, den Jannis und ich vorher bei Giorgio gesehen habe, scheint der jüngste Bruder zu sein. Die anderen drei würde ich eher schon als Erwachsene bezeichnen. Die Frau redet mit hoher, schriller Stimme. Als ich mich gerade frage, wie das hier weitergehen und wer das Ganze wohl zu einem Ende bringen kann, höre ich auf der Straße Reifen quietschen. Ein grauer Wagen stoppt, und heraus steigen schwungvoll zwei ältere Herren – besser bekannt unter den Namen Giorgio und Opa Peter.

»Wie hilfreich, wenn man eins und eins zusammenzählen kann. Haben wir es doch gewusst, dass sie gleich herfahren, was?«, sagt mein Opa zu Giorgio, der mit wehenden Wölkchenhaaren neben ihm geht. Dieser nickt und sagt etwas auf Griechisch. Ohne Worte, im wahrsten Sinne …

»Weißt du, was hier los ist?«, frage ich meinen Opa, als die zwei die Straße überquert haben und bei unserer Versammlung vor dem Laden ankommen. Opa Peter nickt.

»Das sind Giorgios Kinder. Giorgio hat ihnen von der Idee mit dem Laden erzählt, aber sie sind gegen jede Art der Modernisierung. Sie wollen, dass alles so bleibt, wie es schon immer war. Unseren Nikos mit seinen Ideen finden sie viel zu fortschrittlich und modern.«

»Aha«, mache ich und wundere mich mal wieder, wie mein Opa es schafft, immer informiert zu sein, obwohl er ja genauso fließend Griechisch spricht wie ich. Ich gucke mir die Cousins und die Cousine an. Tatsächlich sind sie traditionell, oder besser gesagt altmodisch, gekleidet. Sie tragen keine Sneakers, Flipflops oder Shorts, sondern Sandalen und lange schwarze Hosen. Die Cousine hat einen schwarzen Haarreif im langen Haar.

Ich sehe, dass Opa Peter Giorgio anstupst, nachdem dieser eine Weile still und konzentriert zugehört hat. »Unser Auftritt, mein Freund! Leg los«, sagt er. Giorgio nickt, tritt einen Schritt vor und redet auf Griechisch los. Ich sehe, dass mein Opa stirnrunzelnd zuhört. Nach einer Weile unterbricht er Giorgio: »Sag deinen Kindern, dass sie über ihren Schatten springen sollen. Dass sie sich auch für Neues öffnen müssen, weil das Dorf sonst nicht überlebt. Erzähl ihnen die Geschichte von meiner Reise, dass ich ebenfalls ganz vergessen habe, wie schön es ist, etwas zu wagen und auch mal ein Risiko einzugehen!« Opa Peter gestikuliert wild mit den Händen, Giorgio nickt ihm zu.

Ich sehe meinen Opa ungläubig an. »Woher weiß Giorgio das bitte alles? Versteht er dich? In welcher Sprache unterhaltet ihr euch?«

Opas Lachfältchen tauchen wieder auf. »*DeepL*, kennst du?«

Ich zucke verwirrt die Schultern.

»Ist 'ne Übersetzungs-App, die benutzen Giorgio und ich immer. Ist auf dem Wunderapparat.« Er stößt mich sachte an. »Du dachtest wohl, dein Opa wäre technisch gesehen in der Steinzeit hängen geblieben, was? Aber ich habe ja mein smartes Schlau-Telefon.«

Ich gucke zu Jannis, der aber bedauerlicherweise nicht zugehört hat, weil er konzentriert Giorgio lauscht.

»Genial!«, sage ich leise zu Opa. Dann verfolgen wir beide weiter die Diskussion. Wie bei einem Tennisspiel gucken wir von rechts (Jannis, Helena, Nikos und ihre Freunde) nach links (die Cousins und die Cousine), Giorgio steht dazwischen. Die Worte fliegen wie Bälle hin und her. Giorgios Haare ringeln sich noch wilder als vorhin um seinen Kopf, sodass er aussieht wie ein verwirrter Professor.

Weil der Streit weitergeht und ich nicht wirklich etwas tun kann, frage ich Opa Peter leise: »Warum haben sie sich denn zerstritten? Jannis wusste vorhin gar nicht den Grund dafür.«

Opa Peter beugt sich zu mir herunter und sagt in verschwörerischem Ton: »Letztendlich waren Dimitri und Talia der Anlass!«

»Hä? Wieso das denn?«

»Nun ja, Talias Eltern sind früh gestorben, daher haben Giorgio und seine Frau sie, als sie etwa sechzehn war, bei sich aufgenommen. Giorgios Frau (die ihn vor ein paar Jahren selbst verlassen hat) wollte immer, dass Talia möglichst nah bei der Familie bleibt und unbedingt einen Mann aus dem Dorf heiratet, daher …« Opa Peter stockt, denn auf einmal fängt Nikos richtig an zu brüllen, der große Cousin brüllt zurück. Opa Peter zieht den Kopf ein. »Oha! Jetzt geht's zur Sache … Also, wo war ich stehen geblieben?«

»Talia sollte jemanden aus dem Dorf heiraten.«

»Genau. Sie sollte jemanden aus dem Dorf heiraten. Als sie Dimitri kennenlernte, war Giorgios Frau anfangs froh über die Beziehung, weil Talia so in der Nähe bleiben würde. Doch Dimitri fuhr kurz darauf auf Weltreise. Er heuerte auf einem Schiff an und war monatelang auf dem Meer unterwegs. Der Kerl wollte eben einfach die Welt sehen.« Opa Peter verstummt, weil beim Streit gerade ein kurzes Schweigen eingetreten ist. Er wedelt Giorgio mit der Hand vorm Gesicht herum und raunt ihm zu: »Giorgio, lass die jungen Leute doch ruhig ein bisschen schreien, Dampf ablassen bewirkt Wunder!«

Giorgio macht eine undefinierbare Handbewegung und nickt ihm zu. Opa Peter lacht. Und ich staune.

»Und weiter?«, frage ich meinen Opa.

»Nun ja, weil Talia in der Zeit aber traurig war und Dimitri natürlich vermisste, hat Giorgios Frau ein Kennenlernen mit einem Tavernenwirt im Nachbarort organisiert. Diesen Wirt hat

Talia dann geheiratet, verzweifelt darüber, dass Dimitri so lange weg war. Dabei hatten die zwei sich versprochen, bei Dimitris Rückkehr zu heiraten. Dazu sollte es also nicht mehr kommen. Etliche Jahre später hat Talia sich von dem Wirt scheiden lassen.«

»Pffff«, mache ich. Der Streit ist nun wieder leiser geworden und eher zur Hintergrundmusik mutiert. »Dann war Jannis' Familie auf Dimitris Seite und Giorgios auf Talias?« Opa Peter nickt. Und ich kapiere immer mehr: »Und Dimitri war daraufhin so traurig, dass er nie mehr zu seinem Haus zurückwollte, die Insel verlassen hat, nach Deutschland gegangen ist und … nicht mehr gesprochen hat?« Auf einmal macht alles Sinn.

»Bingo. Der Groschen ist gefallen.« Opa Peter streckt einen Daumen in die Luft. Wir lauschen beide wieder den Stimmen, die nun nur noch wie ein friedliches Wassergeplätscher klingen, und in meinem Kopf wirbeln die Gedanken herum. Jetzt redet Giorgio in einem beruhigenden Tonfall, und alle hören ihm aufmerksam zu. Dann verschwindet Nikos nach drinnen in den Laden. Ich spüre eine Hand auf meiner Schulter, Jannis hat sich neben mich gestellt. Er flüstert: »Sie hatten Angst, dass alles viel zu groß geplant ist, so ein Riesenladen, der das ganze Dorf kaputt macht. Nun holt Nikos unsere Skizzen vom Café Käthe, um den anderen zu zeigen, wie alles einmal aussehen soll!«

Ich traue meinen Ohren nicht. Kurz darauf sehe ich, wie sich dann alle in einem großen Kreis über unsere Pläne beugen und dabei murmelnd weiterreden. Als ich einen Schritt näher trete, zwinkert Nikos mir zu. »Das sind eure Skizzen, Luzy!« Jetzt freue ich mich riesig und bin total stolz. Auch Jannis gibt mir einen gehobenen Daumen. »Ich glaube, es wird alles gut. Vielleicht können sie sogar beim Liefern der Lebensmittel helfen, mit Mopeds und Fahrrädern. Spätestens jetzt ist allen klar geworden, wie es mal aussehen wird und dass wir nicht den ganzen Ort modernisieren wollen.« Ich höre allgemeines Lachen und zustimmendes Gemurmel, und Jannis dolmetscht für mich weiter. »Die vier finden die Idee nun sogar richtig gut. Sie hatten wohl Angst, dass Nikos in seinem Größenwahn, für den er bekannt ist, so etwas wie ein Einkaufscenter aus Phileas' Laden macht.« Jannis kichert.

Dann lehnt er einen kurzen Moment seinen Kopf an meine Schulter und seufzt tief. »Diesen Urlaub muss ich wirklich mit vielen Nerven bezahlen, Luzy. Ich wüsste zu gerne, wo man ein paar neue kaufen kann!«

Ich tätschle ihm den Kopf. »Im neu eröffneten Café Käthe vielleicht?«

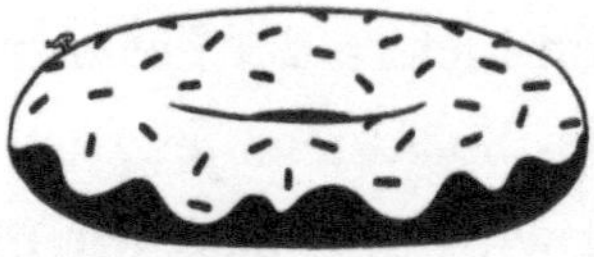

Donuts zum Aufblasen

Wir sind mit Nikos' Auto bei uns zu Hause vorbeigefahren, um unsere Badesachen zu holen. Ein Sprung ins Meer für den Frieden zwischen den Familien. Als wir eben noch vor dem Laden standen, hatte Giorgio abschließend erklärt (und Jannis übersetzt), dass er nie verstanden habe, warum seine Frau so festgefahren war, was den Wohnort von Talia und seinen Kindern anging. »Von mir aus dürfen sie gerne in die Welt ziehen, solange sie glücklich sind«, hatte Giorgio gesagt.

So überrascht, wie die vier ihren Vater daraufhin angeguckt haben, war das für sie nicht unbedingt selbstverständlich. »Geht es nicht einfach ums Glücklichsein?«, hatte Helena dann am Ende noch wörtlich für Opa Peter und mich übersetzt, woraufhin mein Opa sehr doll mit dem Kopf genickt und seinem Freund in die Rippen geknufft hatte.

Als Nikos nun mit einem zusammengerollten Handtuchbündel unter dem Arm zurück ins Auto steigt, verkündet er: »Und ich leihe meinem Cousin sogar eine meiner fetzigsten Badehosen.« Ich höre Helena leise stöhnen. »Ich bin gespannt.«

Giorgio und mein Opa sind mit Giorgios Wagen gefahren, nun treffen wir uns alle am Strand wieder. Die anderen Verwandten sind schon da.

Wir sind jetzt genau dort, wo wir am ersten Abend baden waren, am kleinen, schmalen Strand an der Straße, mit dem eiskalten Wasser.

»Wie viel Luft braucht denn dieses dämliche Blaseding noch?«, höre ich meinen Opa neben mir schnaufen. Er ist dabei, einen riesengroßen pink-orangen Ring, der aussieht wie ein Donut, aufzupusten. Giorgio lacht. Er klopft meinem Opa aufmunternd auf den Rücken. Nach drei weiteren tiefen Atemzügen reicht Opa Peter Giorgio den Ring.

»Das Ding hat er vor Jahren mal bei 'ner Segelregatta gewonnen. Er wollte es unbedingt heute mitnehmen«, japst mein Opa. Diese Übersetzungs-App scheint wirklich Wunder vollbringen zu können.

Das Meer glitzert in den letzten Sonnenstrahlen des Tages. Das Licht schimmert so hell, dass man kaum zwischen Meer und Himmel unterscheiden kann. Alle stehen bereits in ihren Badesachen da. Opa Peters Badehose (Surfende Ketchupflaschen) überrascht mich. »Hä? Wolltest du die nicht Dimitri schenken?«, frage ich ihn.

Mein Opa lacht. »Ähem, ja, das war ursprünglich die Idee.

Aber frei nach dem Motto ›Was interessiert mich mein Geschwätz von gestern‹ habe ich sie doch lieber behalten. Ich fand sie selbst einfach zu schön!« Leiser sagt er zu mir: »Stell dir bloß mal die Augen von Hein und Joost vor, wenn ich sie damit am Badesee überrasche!«

»Verstehe!« Opa Peter und seine beiden Kumpels lieben solche Sachen und können sich, wie er sagt, »königlich darüber amüsieren«.

Giorgio steht in einer langen roten Surferbadehose da, die zwei quälen sich immer noch mit dem Aufblasen des Donuts. Jetzt ist Giorgio der, der nach Luft schnappt, und beide lachen mit ihren aufgeblähten Backen. Opa Peter nimmt ihm den Donut aus der Hand und pustet weiter, bis er ganz prall ist.

Auf einmal verstehe ich auch, was Nikos mit fetziger Badehose meinte: Sein Cousin hat eine rosa Blümchenhose an.

Und dann ist der Moment gekommen. Nikos, Helena, Jannis und ich stehen mit Cousin Blümchenbadehose – von dem ich nun weiß, dass er Michalis heißt – neben Giorgio und Opa Peter am Wasser.

»Ich zähle bis drei«, sagt Nikos auf Deutsch und dann noch mal auf Griechisch. Er zählt an den Fingern ab: »Eins, zwei, drei!« Alle rennen gleichzeitig los zum Meer, die Geschwister von Michalis stehen mit hochgekrempelten Hosen im flachen Wasser und feuern uns an. Nacheinander lassen wir uns schreiend ins kühle Nass plumpsen. Giorgio wirft sich auf seinen Donut und quiekt dabei wie ein Schuljunge. Opa Peter taucht unter, rappelt sich dann aber im knietiefen Wasser auf und schmeißt mit einem großen Schwung Giorgio vom Gummi-Donut herunter. Die beiden älteren Herren planschen, platschen und johlen laut. Jeder strampelt und krault wie wild im Wasser herum, um gegen die Kälte anzukämpfen. Giorgio und mein Opa sehen sich mit ihren nassen, flach am Kopf anliegenden Haaren auf einmal sehr ähnlich. Giorgio hat seine Brille am Strand gelassen. Er ruft Jannis etwas zu, der lachend übersetzt: »Giorgio sagt, dass er sich wie ein Maulwurf fühlt, weil er nämlich rein gar nichts sieht ohne seine Brille!«

Jannis und ich treiben nebeneinander im Wasser. Jannis guckt zu seinen Verwandten am Ufer. »Es ist echt seltsam, auf einmal erinnere ich mich wieder an vieles. Dass sie es irgendwie nicht gut fanden, dass Dimitri und Tante Elena in Deutschland leben. Und es gab noch mal Ärger, als Nikos, Adonis und ich dann im letzten Jahr von der Insel weg sind. Das konnten sie wirklich nicht verstehen. Für sie war das Leben immer nur hier.« Jannis taucht prustend unter, dann kommt er wieder hoch und schüttelt sich mit einem lässigen Schwung die Haare aus dem Gesicht.

»Na ja, und dann ist im letzten Winter ausgerechnet unsere Tante, Giorgios Frau, mit einem Hilfsarbeiter von der Plantage nach Südamerika abgehauen!«, ergänzt Nikos leise, der hinter uns aus dem Wasser getaucht kommt. »Ich muss ehrlich sagen, ich fand die Frau immer komisch, für unseren Giorgio war das also vielleicht ein Glück.« Nikos dreht sich auf den Rücken und strampelt mit den Beinen. »Manchmal kommt es anders, als man denkt! Was, Helena?« Er rollt sich zur Seite und wirft Helena einen verliebten Blick zu.

»Du sagst es!« Helena ist schon wieder auf dem Weg raus. Sie tritt im flachen Wasser wie ein Flamingo von einem Bein aufs andere. Helena trägt einen tollen, dunkelbraunen Bikini und hat sich die Haare zum Dutt hochgesteckt. Wenn ich groß bin, möchte ich so cool sein wie Helena, nehme ich mir fest vor.

Ganz kurz will ich es noch im Meer aushalten. Ich zähle von zehn herunter und lasse mich auf den winzigen Wellen in Richtung Strand treiben. Über mir sehe ich die schnell ziehenden Wolkenfetzen.

»Drei, zwei, eins, null!«, zähle ich und springe auf. Am Ende sind Opa Peter und Giorgio diejenigen, die am längsten im Wasser bleiben. Mit dem Donut um dem Hals hält mein Opa mit seinem Freund ein Schwätzchen. In aller Ruhe spazieren sie zurück ans Land, als hätten sie noch nie etwas von Kälte gehört.

»Luzy, ich wollte dir noch etwas geben«, sagt Jannis zu mir. Wir sind zurück und stehen vor der Terrassentür von meinem und Sophias Häuschen.

»Hä?«, mache ich. Wir beide haben nasse Haare und uns klappern die Zähne nach dem frisch-fröhlich-frostigen Bad. Die Sonne ist hinter den Hügeln untergegangen, aber am Himmel ist noch ein breiter, heller Streifen zu sehen.

»Warte kurz.« Jannis kramt in der Tasche seiner Shorts und

zieht dann etwas hervor. Ich sehe ihn fragend an. Ich fühle, wie mein Herz ein bisschen schneller klopft. Was wird das denn jetzt, bitte?

Jannis guckt auf den Boden, das Handtuch immer noch um die Schultern. Dann lässt er sich auf ein Knie sinken und sieht zu mir auf: »Liebe Luzy, hiermit …«, er räuspert sich, »… verleihe ich dir diese besondere Auszeichnung für die Rettung unseres Ortes. Du hast großen Einsatz gezeigt. Unser Dorf weiß nun, dass es auf dich zählen kann.« Dabei kniet er noch immer vor mir und drückt mir etwas Kleines, Hartes in die Hand. Es ist glatt und fühlt sich an wie ein Stein. Einen Moment lang taste ich nur, dann öffne ich die Hand und betrachte es: Es *ist* ein Stein. Ein schöner, glatt geschliffener grauer Kieselstein.

Ich muss lachen und sage mit lauter Stimme: »Jannis, tapferer Retter des Ortes, es ist mir eine Ehre!« Ich strecke Jannis die Hand entgegen und ziehe ihn wieder zurück auf die Füße. Jannis sieht mich verschmitzt an. »Dieser Stein ist so eine Art Supernuss, du musst nur daran reiben, probier's einfach mal aus.«

»Das mache ich! Und danke, ich fühle mich sehr geehrt. Also dann … bis gleich beim Essen, oder?«

Jannis nickt und rennt winkend davon in Richtung seines Hauses.

Als ich mich umdrehe, sehe ich gerade noch Sophias Schatten hinter der Gardine der Terrassentür verschwinden. Ich renne die letzten Schritte bis zum Haus und drücke die Klinke herunter. »Hallo!«, rufe ich in den Raum.

»Oh, hi.« Sophia kichert. Sie sieht mich an. »War das eben ein Heiratsantrag?«

»Ach, komm, du musst nicht immer von dir auf andere schließen«, sage ich und verschwinde grinsend mit meinem Superstein in der Hand in Richtung warme Dusche. Nein, ein Heiratsantrag war das nicht. Ganz sicher nicht.

Gedankenzwilling

»Nun habe ich mich echt verlaufen!«, murmle ich. Mir wird warm und kalt gleichzeitig vor Schreck, weil ich irgendwie nicht verstehe, wo ich bin, dabei bin ich gar nicht so weit gegangen. Eigentlich wollte ich nur eine kurze Runde allein spazieren gehen und nach Kräutern gucken. Jannis hatte wieder einen Termin mit seinen Eltern, und wo Sophia und Adonis sind, weiß ich gar nicht. Gerade nach dem Frühstück hatte ich dieses mulmige Gefühl im Bauch, weil mir plötzlich aufgefallen ist, dass wir nur noch zwei Tage alle zusammen in Griechenland sind. Es ist immer dasselbe mit Ferien: Die ersten Tage erscheinen endlos lang, und man hat das Gefühl, diese Zeit würde nie zu Ende gehen, und dann, wenn erst mal die letzte Woche angebrochen ist, rasen die Tage wie ein Schnellzug vorbei. Auf einmal kann man »übermorgen« sagen. »Übermorgen fliegen wir zurück nach Hause, übermorgen fahren Opa Peter und Dimitri los.«

Ich drehe mich einmal um mich selbst. Dummerweise habe ich diesmal nicht den Esel als Pfadfinder dabei. Ich bin einfach losspaziert, Kräuter suchen, Kräuter finden. Gesucht habe ich sie dann eigentlich gar nicht wirklich und gefunden erst recht nicht. Stattdessen bin ich einfach weitergegangen, den steilen Berg abwärts, ein bisschen im Zickzack, und habe an dies und das gedacht. Als ich in einiger Entfernung Straßenlärm höre, gehe ich in die Richtung weiter. Ob das die Küstenstraße ist?

Ich gehe und gehe. Und gehe. Aber hier kommt gar keine Straße.

Stattdessen höre ich direkt hinter mir Motorengeräusch – was ich auf diesem einsamen Weg doch leicht gruselig finde. Das Auto kommt näher. Es fährt langsamer – und ich gehe schneller, so schnell, dass sich meine Beine fast in der Luft überschlagen.

Aus dem Auto tönt Musik, dann Pfeifen. Ich zucke zusammen. Wieder dieses Pfeifen.

»Hey, Luzy!« Die Stimme kenne ich.

Ich drehe mich mit einem Ruck um und sehe Nikos lässig, mit dunkler Sonnenbrille auf der Nase, aus seinem offenen Wagenfenster lehnen.

»Was machst du denn hier?«, stellen wir beide genau gleichzeitig genau dieselbe Frage. Wir lachen – ebenfalls gleichzeitig. Nikos runzelt die Stirn: »Ich verstehe gerade überhaupt nicht, was du hier machst.«

»Und ich strenge richtig doll mein Hirn an, aber ich verstehe wirklich nicht, was du hier verloren hast.«

»Okay, du zuerst. Klär mich auf«, fordert Nikos. Er fährt jetzt im Schritttempo neben mir.

»Verlaufen. Und du?«

»Ich fahre zu Dimitri. Er hat mich zu sich zum Tee eingeladen. Schließlich sind wir ja bald beide Ladenbesitzer, da kann ich ein paar Tipps vom Fachmann gebrauchen.«

»Zum Tee? Aber wo denn? Macht ihr ein Picknick? Ich dachte, er wohnt in dem kleinen Zimmer bei Ya-ya, bei uns am Haus!«

»Tja, das ist das Spannende an der Geschichte«, sagt er ohne weitere Erklärung. Er fährt weiter und beobachtet mich aus dem Seitenfenster. »Wie wäre es, wenn du langsam mal einsteigst, du kommst mir etwas aus der Puste vor! Oder willst du weiterjoggen wie *Superwoman* kurz vorm Abflug?«

Ich muss lachen und komme so aus meinem Atemrhythmus. Ich fange an zu husten. »Manno, gerade hätte ich fast abgehoben … aber okay, ich steige ein.«

Nikos hält an. Ich hüpfe ins Auto und werfe scheppernd die Wagentür zu.

Kurz darauf biegen wir wirklich auf die Küstenstraße ab, die ich gesucht hatte. Nikos beschleunigt, um dann wieder zu bremsen und nach rechts abzubiegen. Genau hier bin ich schon gewesen! Hier habe ich Jannis gefunden …

»Wo fährst du denn nun hin, zum Kletterbaum?«, frage ich, immer noch ein bisschen kurzatmig.

Nikos fährt mit Pokerface weiter. An Jannis' und meinem Baum vorbei – dem ich einen kurzen Gruß zurufe. Aber dann biegt er rechts auf einen sehr zugewachsenen Weg, den ich nicht kenne, der aber in Richtung von Dimitris altem Haus geht. Was wollen wir da, bitte?

»Wohnt Dimitri wieder hier?«, frage ich.

»Na ja, nicht ganz. Also, fast … so gut wie, könnte man sagen«, sagt Nikos. Dann zeigt er aus dem Fenster. »Der Kerl hat hier harte Arbeit geleistet, er musste die ganzen Brombeerbüsche links und rechts wegschneiden, um überhaupt bis zum Haus zu kommen. Dafür hat er wahrscheinlich ein Schwert gebraucht. Oder eine Machete.«

Nikos guckt mich an, und genau gleichzeitig fangen wir beide an zu lachen.

»Ich stelle mir gerade Dimitri vor, wie er sich wie ein Ritter mit einem riesigen Schwert durchkämpft …«, sage ich.

»Genau! Unter lautem Geheul!«

»Vielleicht ja auch mit bunter Bemalung im Gesicht …«, kichere ich.

»… er wirft sich mit voller Kraft ins Gestrüpp …« Nikos holt mit einem Arm aus, als würde er ein Schwert schwingen. Dabei stößt er ein seltsames Gejaule aus. Ich stimme ein. Dann fangen wir beide an zu lachen, und mir schießen die Tränen in die Augen, was mich stark an Jannis und mich erinnert.

»Und vorne steht Talia und feuert ihn an, bis sie dann ebenfalls zum Schwert greift: ›Mein tapferer Ritter, ich komme dir zu Hilfe gegen die wehrhaften Brombeeren!‹«, bringe ich leicht keuchend hervor. Nikos lässt wieder dieses komische Glucksen ertönen. Er wischt sich die Lachtränen aus den Augen. »Und dann kämpfen sie Seite an Seite gegen den Busch und ...« Er atmet tief durch. »So, wir sind am Ziel.« Nikos grinst mich an und parkt das Auto. Ich grinse zurück und denke: Wie ein großer Bruder.

Und da ist es: Dimitris Haus. Das Haus, das ich schon vom Baum aus gesehen habe. Es ist ein etwas verfallenes, irgendwie total romantisches Haus, nur wenige Meter weg vom Strand. Was mir als Erstes auffällt, sind die Fensterläden, die hellgrün leuchten und frisch gestrichen aussehen, genau wie die Haustür. Die meisten der Fenster stehen sperrangelweit offen, von unten im Erdgeschoss dringt Klaviermusik. Vor dem Haus stehen wild durcheinander sehr viele Blumentöpfe mit verschiedenen blühenden Pflanzen.

Nikos raunt mir zu: »Wir sind die Ersten, die Dimitris wiederentdecktes Zuhause sehen, Luzy.«

Gespannt und wirklich neugierig gehen wir nebeneinander zum Haus. Nikos hat sich die Sonnenbrille in die Haare gesteckt und ruft: »*Kalimera*, Dimitri! Hallo!«

Eine Weile spielt das Klavier weiter. Als Nikos noch mal ruft, stoppt die Musik, und Dimitri erscheint an der geöffneten grünen Haustür. Ich kann es nicht fassen, sein Bart ist wirklich ab! Und Dimitri strahlt so sehr, dass ich wirklich denke, jemand hat das Licht angeknipst.

»Nikos! Da bist du! Und das ist ja eine tolle Überraschung,

dass du mitkommst, Luzy! Ich würde sagen: dann mal rein in die gute Stube!« Er zwinkert mir zu. »Das hier ist also mein bescheidenes kleines, altes Häuschen. Wie du siehst, bin ich am Renovieren …«

»Das heißt, du bleibst *hier*? Gehst du nicht zurück nach Deutschland?«, frage ich mehr als überrascht. Ich denke sofort an Opa Peter – wo würde er denn dann seine Lebensmittel und seine Zeitung einkaufen?

»Aber nein. Keine Sorge, Luzy. Das hier ist nur mein *Ferien*-Zuhause. Mein wirkliches Zuhause ist in Deutschland, dort gehöre ich nach all den Jahren hin. Aber ich möchte von nun an einige der kalten Wochen im Jahr in Griechenland verbringen. Talia und ich …« Wir stehen noch immer an der Tür. »Kommt doch erst mal rein!«

Nikos und ich folgen Dimitri ins Haus. Durch einen dunklen Flur gelangen wir in ein sehr helles Wohnzimmer, aus dessen großen, blitzblanken Fenstern man direkt aufs Meer guckt. »Wow! Wahnsinn, Dimitri, so schön hatte ich es gar nicht in Erinnerung!«, ruft Nikos. Er sagt etwas auf Griechisch, woraufhin Dimitri noch mehr über beide Ohren strahlt. Das Zimmer hat Holzboden. Von den Wänden blättert ein wenig die Farbe. Außer einem Flügel und einem großen, sehr gemütlich aussehenden Sofa steht hier nichts, kein Teppich, keine Bilder, in der Mitte des Raumes nur ein großer Kronleuchter. Dimitri folgt meinem Blick. »Du fragst dich, wo ich esse, wo mein Tisch und meine Stühle sind, stimmt's?« Er schmunzelt. »Ein Schritt nach dem anderen, sage ich mir immer. Das Sofa war meine erste Anschaffung, den Flügel hatte ich bei Freunden untergestellt. Genau wie meine Bibliothek.«

»Deine Bibliothek?«, frage ich.

Nikos erklärt mir: »Ich kenne keinen Menschen auf der Welt, der so viele Bücher besitzt wie Dimitri. Der Kerl hat die gesamten deutschen Klassiker über Jahre gesammelt, alle griechischen Schriftsteller, er liebt die russische Literatur …«

Dimitri sieht stolz aus. »All die Bücher aus diesem Haus waren jahrelang bei Freunden in der Garage untergestellt. Ich hole sie ab, sobald ich Regale habe. Aber das mache ich bei meinem nächsten Besuch, ich habe ja Zeit. Hast du mit deinem Freund gesprochen, Nikos?«

Nikos nickt. »Yep. Kostas kann das machen. Er hatte noch nie so viele Aufträge wie im Moment. Unsere Familie kurbelt sein Unternehmen so richtig an. Er lässt dich grüßen.«

Dimitri seufzt zufrieden. »Danke! Setzen wir uns raus? Möchtet ihr Tee? Limonade?«

»Gerne!«, antworten Nikos und ich wie aus einem Mund. Wir gucken uns an. »Das gibt es doch nicht!«, sagt Nikos.

Ich strecke ihm meinen kleinen Finger hin. »Gedankenzwilling!« Als Nikos mich verständnislos anguckt, erkläre ich: »Du musst einhaken, das macht man so, wegen Gedankenzwilling!«

»Verstehe.« Nikos streckt mir seinen Finger hin, und wir verhaken die Finger. »Wieder was gelernt.«

Teestunde am Meer

Nikos musste zur Straße vorfahren, bis er Empfang hatte, um den anderen zu sagen, dass ich hier mit ihm bin. Danach setzen wir drei uns mit einer Kanne Tee und Geschirr auf eine Decke auf den Rasen vor dem Haus. »Du musst dir deine Aussicht noch richtig freischneiden, damit du von hier aus aufs Wasser gucken kannst, Dimitri!« Nikos nimmt einen Schluck aus dem feinen Teetässchen, das Dimitri ihm gereicht hat. Dazu gibt es Kekse.

»Am besten mit einem Schwert«, murmle ich. Nikos guckt mich amüsiert an und sagt: »Gute Idee, Luzy. Ich sehe es direkt vor mir.«

Dimitri nickt ernst. »Und ich brauche eine Hängematte und bunte Lampions – wie dein Opa sie im Garten hat, Luzy!«

»Die schenkt er dir mit dem größten Vergnügen zum Einzug!«, sage ich.

Bei meinem Opa hängen die bunten Lichter im Garten am Kanal, bei Dimitri hängen sie dann im Garten am Meer. Auf einmal denke ich an Opa-Hausen und an zu Hause, an meine Eltern und meine Brüder – als hätte ich über die letzten Tage kurzzeitig vergessen, dass es diese Welt gibt. Natürlich haben wir telefoniert, ein paarmal habe ich mir auch mit Hannes geschrieben, und Jakob und ich haben uns ein paar Bilder und Witze hin- und hergeschickt. Aber alles fühlte sich weit weg an. Während Nikos und Dimitri sich über Ideen und Vorschläge für die Ladeneröffnung austauschen, freue ich mich plötzlich darauf, nach Hause zu kommen. Wie aus heiterem Himmel, als würde die Vorfreude auf mich herunterregnen. Heute Morgen hatte ich dieses mulmige Gefühl, dass die Ferien viel zu schnell zu Ende gehen, aber jetzt plötzlich spüre ich wieder, wie es ist: wenn Tzatziki und die Hühner bei der Schmetterlingswiese herumwuseln. Wenn ich mit Jannis und Jakob Limonade im Garten trinke. Wenn ich in der Pause wieder mit Ella, Caro, Lulu und den anderen Ticken spiele. Und ich freue mich auf unsere Sonntagabende mit der Familie, wenn wir Pizza essen und alle zusammen einen Film gucken. Wenn ich meinen großen Bruder Hannes bei der Eisdiele treffe oder mit meiner Freundin Flo den kleinen Piet von der Kita abhole.

»Luzy?«, höre ich Nikos neben mir. Dimitri und er gucken mich an. »Wir sollten los, oder?«

Ich nicke und habe dabei ganz stark das Gefühl, dass ich alles noch ein letztes Mal so richtig genießen will, damit ich genug Erinnerungen getankt habe, bis ich wieder hierher zurückkomme.

Nikos hat mich am Eselstall abgesetzt, weil wir dort Jannis' Rad haben stehen sehen.

»Ciao, danke fürs Mitnehmen!« Ich werfe die Autotür zu. Nikos streckt einen Daumen in die Luft. »War mir ein Vergnügen, Schwesterchen!«

Na, so was, dann hatte er wohl denselben Gedanken wie ich. Ich winke ihm zu, laufe los und klopfe an die Stalltür, hinter der ich es rumoren höre.

»Jannis?« Ich drücke die Tür auf.

»Hi, Luzy.« Jannis hockt auf dem Boden im Stroh, zwischen den beiden Eseln, und streichelt sie stereo – also mit beiden Händen rechts und links gleichzeitig. Ich lasse mich neben Tzatziki plumpsen und kuschle mich an ihn. Die Eselin Saganaki guckt interessiert zu mir rüber, woraufhin ich aufstehe und auch ihr übers Fell streichle.

»Ich habe meinen Eltern gestern Abend von Saganaki erzählt. Mein Vater meint, sie muss eigentlich mit nach Deutschland. Dein Opa kann nicht schon wieder einen Esel mit Herzschmerz gebrauchen.«

Wie zur Bestätigung seufzt Tzatziki tief.

»Bist du immer noch sauer auf deine Eltern?«, frage ich.

»Nein, nicht sauer. Sie haben inzwischen zugegeben, dass unsere Idee mit dem Café Käthe gut ist, aber ich traue dem Frieden noch nicht.« Jannis guckt mich düster an.

»Wie meinst du das?«

»Na ja, dass sie hier wirklich alles vermietet kriegen und nach Deutschland kommen. Sie haben schon so oft ihre Meinung geändert. Ich glaube es erst, wenn ich sie in Deutschland sehe.«

Ich denke an den Superstein, den Jannis mir geschenkt hat, und nehme mir vor, heute Abend daran zu reiben. »Das klappt ganz sicher«, sage ich mit möglichst viel Überzeugung in der Stimme. In dem Moment klopft es. Die Tür geht auf und …

… Jannis' Eltern spazieren hinein, beide hintereinander. »Hallihallo!«, sagt seine Mutter.

»*Kalimera!*«, sagt sein Vater und zwinkert mir zu. Dann redet er auf Griechisch los. Er wedelt begeistert mit den Händen in der Luft herum, während er sich auf die Knie zwischen die Esel sinken lässt.

Jannis' Mutter sagt zu mir: »Wir wollten die schöne Eselin kennenlernen.« Wie immer spricht Jannis' Mutter sehr langsam und mit freundlicher, ruhiger Stimme. Obwohl sie gnadenlos große Dinge ohne ihre Kinder entscheiden, merke ich, dass ich sie richtig gernhabe. Sie hat solche Ähnlichkeit mit Jannis, wenn sie spricht. Oder wenn sie lacht. Jannis' Vater erinnert ein bisschen an einen freundlichen Teddybär, wie er da im Stroh kniet und sich ernsthaft mit den Eseln unterhält. Er hält den Kopf schief und guckt der Eselin direkt in die Augen. Saganaki hört konzentriert zu.

Alex erzählt mir: »Wir sind schon dabei, den Umzug vorzubereiten. Bis zum Ende des Sommers spätestens wollen wir in Deutschland sein.« Ich sehe, wie Jannis die Augenbrauen hebt.

»Das hoffe ich allerdings auch«, hätte ich am liebsten gesagt, stattdessen sage ich: »Ja, das ist ja wirklich toll.«

Neben mir redet Aris nun nicht mehr mit den Eseln, sondern stattdessen mit Jannis. Ich versuche, den Inhalt des Gesprächs zu verstehen. Alex stößt mich sachte an und übersetzt. »Aris sorgt sich wegen des raueren Klimas bei euch, und es ist natürlich eine lange Fahrt für die Esel. Aber dein Opa wäre wohl einverstanden.«

»Zur Not bringt Dimitri Saganaki eben wieder zurück«, schlage ich vor. Ich denke an den strahlenden, bartlosen Dimitri. Er muss ja sowieso bald kommen, um seine Bücher einzuräumen.

Alex lacht. »Wie wahr. Scheinbar hat Dimitri sein Herz ein zweites Mal verloren, nicht?« Dann guckt sie auf die Uhr und macht ihrem Mann ein Zeichen, eine typische Mama-Bewegung!

Jannis sieht die Bewegung ebenfalls und verkündet laut: »Okay, dann haben wir das doch geklärt: Saganaki fährt mit!« Da stellen beide Esel gleichzeitig die Ohren auf, und Aris nickt dazu.

»Ist das süß, das verliebte Paar!« Alex streichelt Saganaki vorsichtig über das hellgraue, weiche Fell. Dann gehen die Eltern winkend aus dem Stall.

Jannis, Adonis, Sophia und ich fahren mit den Rädern ans Meer, an den Strand, von wo aus wir mit Cousin Markos mit dem Boot losgefahren sind. Bis zur türkisblauen Bucht wäre es diesmal zu weit, aber auch hier glitzert das Wasser klar und einladend. Genau wie beim letzten Mal lehnt Markos an seinem grünen Holzboot, eine dunkle Sonnenbrille auf der Nase. Als er uns sieht, ruft er schon von Weitem: *»Hello.«* Er nimmt die Brille ab und zeigt mit dem Bügel in Richtung Sophia. *»Even more beautiful!«*, ruft er. »Noch schöner«, das verstehe ich. Sophia scheinbar auch, denn sie wird sehr rot. Adonis ruft seinem Cousin etwas zu, woraufhin sie beide lachen. »Das muss ich nicht übersetzen«, murmelt Adonis. Er erntet von Sophia einen Knuff auf die Schulter.

Wir vier rennen los und sinken ins glasklare Wasser. »In drei Tagen sitzen wir wieder in der Schule«, murmelt Sophia. Sie rudert auf dem Rücken mit den Armen und guckt in den Himmel.

»Würdest du bitte nicht darüber sprechen, *Koucla mou*? Die Schule interessiert mich erst wieder, wenn ich da bin. Und ehrlich gesagt noch nicht mal dann«, sagt Adonis.

»Echt? Hast du keine Englischvokabeln gelernt? Oder Matheformeln? Was ist mit Physik?«

Mit einem großen Satz ist Adonis bei Sophia und nimmt sie schwimmenderweise in den Schwitzkasten. Sophia befreit sich, und dann sehe ich Adonis' lachenden, gluckernden Untergang. Die zwei albern herum wie verliebte Fische. Jannis und ich gehen aus dem Wasser.

»Kommt mir das nur so vor, oder ist das schlimmer geworden?«, fragt Jannis, zurück am Strand, stirnrunzelnd.

»Eindeutig schlimmer geworden. Aber … guck dir Tzatziki und Saganaki an.«

»Oder Dimitri und Talia.«

»Oder Nikos und Helena«, sagt Jannis.

»Herrje, die hatte ich ganz vergessen!«

Als dann neben uns noch zwei Hunde anfangen, sich bellend über den Strand zu jagen, rollen wir beide so doll die Augen, dass uns fast schwindelig davon wird.

»Wenn ich mal einen Freund habe, werde ich garantiert nicht so sein«, sage ich.

»Ich auch nicht«, stimmt Jannis mir zu.

»Ehrenwort.« Er reicht mir die Hand.

»Versprochen.«

»Nie und nimmer!«, sagt Jannis mit einem tiefen Seufzer.

»Mit hundertprozentiger Sicherheit.«

Frühjahrsputz in Opa-Hausen

»Luuuuzy! Hallo!!«, höre ich eine bekannte Stimme von der Straße. Ich lasse den Besen fallen und renne nach vorne, wo ich die quietschende Gartenpforte öffne.

»Hannes!« Ich laufe auf meinen großen Bruder zu, der mich über seinen Rennradlenker hinweg umarmt.

»Mann, bist du braun geworden!«, sagt Hannes. Er legt mir eine Hand auf die Schulter und mustert mich von oben bis unten. »Und du bist gewachsen.«

»Übertreib mal nicht. Außerdem klingst du wie Tante Martha. Wenn einer gewachsen ist, bist du es!« Wir lachen beide, weil es sonnenklar ist, dass man nicht noch größer werden kann, als Hannes es sowieso schon ist.

»Was machst du hier?«, fragt er.

»Frühjahrsputz! Hilfst du mit? Wir haben nicht mehr viel Zeit, in spätestens einer Stunde müsste Opa hier sein.« Ich mache eine Armbewegung in Richtung Garten, von wo aus Jannis und Jakob herüberwinken.

»Eigentlich gerne, ich … wir wollten zwar heute was für die Uni machen, aber ich frage gleich Marbelle.« Hannes sieht sich auf dem Fußweg um.

»Warum muss dieser Typ immer so schnell fahren … Mensch, Luzy, siehst du erholt aus!« Marbelle kommt schnaubend angeradelt und klingelt dreimal laut, dann springt sie vom Rad, lehnt es an den Zaun und nimmt mich in den Arm. Marbelle hat ein breites Band in den kinnlangen schwarzen Haaren und sieht einfach toll aus. Wenn mein Bruder schon eine Freundin hat, mit der er mehr Zeit verbringt als mit uns, dann bin ich doch superfroh, dass es wenigstens Marbelle ist.

»Wirklich? Dimitri hatte das Haus über so viele Jahre leer stehen? Das habe ich echt nicht gewusst. Ich dachte immer, er ist komplett nach Deutschland gezogen und hat in Griechenland alles aufgegeben«, sagt Hannes. Mein Bruder und ich arbeiten nebeneinander auf der Terrasse. Er wischt die Stühle sauber, ich trockne sie ab. Marbelle und Jakob legen hinten den Stall zwischen den aufgeregt gackernden Hühner mit frischem Heu aus, und Jannis höre ich aus der Küche fluchen, beim Versuch, die Kaffeemaschine in Gang zu setzen.

»Guck mal, ob du einen YouTube-Film dazu findest!«, rufe ich ihm durch die offene Tür zu, in Erinnerung an Sophia und mich im letzten Winter, als wir probiert haben, einen Espresso auf dem Herd zu kochen – was damit endete, dass der Kaffee sich rasensprengerartig in der Küche verteilt hatte.

Jannis, Jakob und ich sind schon seit dem Morgen im Garten; natürlich mussten wir Jakob haarklein von der Reise erzählen, woraufhin er gemurrt hatte: »Ich habe nicht so viel erlebt, Fußballcamp eben. Mieses Wetter, matschiger Rasenplatz. Obwohl – eine Sache gibt es doch. Ähem ... also ... na ja ... also ... wie soll ich sagen ... ähem ... ich ... bin jetzt mit Flo zusammen.«

»Echt?«, habe ich gerufen.

Und Jannis: »Ernsthaft?«

»Wie kam das? Du musst alles erzählen! Wie ist es jetzt?«, haben Jannis und ich dann beide durcheinandergerufen.

Jakob: »Na ja, schnell erzählt. Wir waren in der Eisdiele. Da hat Flo den ›Eisbecher für Verliebte‹ bestellt und gesagt: ›Ich mag dich, Jakob.‹«

»Und was hast du gesagt?«, haben Jannis und ich wie aus einem Mund gefragt und dann gleich die Finger als Gedankenzwillinge verhakt.

Jakob: »Ich dich auch.« Dabei sind Jakobs Wangen unter den vielen Sommersprossen sehr rot geworden.

Ich: »Und dann?«

»Dann haben wir zusammen unseren Eisbecher aufgegessen.«

Jannis: »Klingt irgendwie ganz einfach.« Daraufhin haben wir uns alle drei High five gegeben. Warum? Keine Ahnung. Wir haben ziemlich gelacht – ebenfalls keine Ahnung, warum. Danach haben wir uns wieder an die Gartenarbeit gemacht.

»Sie müssten jeden Moment hier sein. Opa Peter hat mir eine Nachricht geschickt«, rufe ich den anderen zu.

»Eine Nachricht? Vom *Handy*?«, fragt mich Hannes. »Das kann er?«

»Yep. Das kann er jetzt. Du musst wissen, Opa Peter hat einen neuen Freund. Er heißt Giorgio, und mit ihm hat er sich SMS geschickt und mithilfe von einer Übersetzungs-App unterhalten.«

Hannes starrt mich mit offenem Mund an und hört auf zu wischen. Nach einer gefühlten Ewigkeit wischt er langsam weiter. »Unser Opa steckt voller Überraschungen, was? Einfach genial. Also, wenn ich mal alt bin, ist Opa Peter eindeutig mein Vorbild!«

»Meins auch«, stimme ich ihm zu.

In dem Moment hupt es auf der Straße.

»Sie kommen!«, rufe ich und renne nach vorne. Das ist das Kommando, bei dem alle ihre Besen, Lappen, Strohballen und Sonstiges fallen lassen. Hannes wirft unsere Lappen und Tücher in den Eimer, Jakob und Marbelle schließen die Tür zum Auslauf, damit die Hühner nicht abhauen, und ein zufriedener Jannis spaziert gelassen aus der Küche, hinter ihm blubbert die Kaffeemaschine.

»Na, so was, ihr hier? Was macht ihr denn alle in meinem Garten?« Opa Peter lehnt lässig aus dem offenen Wagenfenster, das himmelblaue Nackenkissen mit Erdbeer- und Himbeerbildchen noch um den Hals. Er hat sein kariertes Hemd hochgekrempelt und sieht uns unternehmungslustig an, wie wir da aufgereiht auf dem Fußweg stehen. »Hannes und Marbelle! Ihr auch! Das nenne ich mal eine Überraschung!«

Dimitri parkt den Wagen am Straßenrand, dann begrüßen die beiden einen nach dem anderen. Dimitri strahlt mit seinem bartlosen Gesicht weiter wie in Griechenland. Und er strahlt noch mehr, als Hannes und Marbelle ihm versichern, wie gut er aussieht. Er führt die Esel, an jeder Hand einen, aus dem Wagen in den Garten, wo sie hinter der geschlossenen Pforte gleich anfangen zu grasen. Klar, dass Jannis, Jakob und ich die Ersten sind, die über den Rasen laufen und uns an die Tiere kuscheln. Die Esel schnauben und schnüffeln herum, sie scharren mit den Hufen im Gras und untersuchen ihre Umgebung neugierig. Am glücklichsten von allen hier lächelt jedoch Opa Peter, mit seinen tausend Fältchen im Gesicht, als er den ersten Becher Kaffee, aus seiner geliebten eigenen Kaffeemaschine in den Händen hält.

Am späten Nachmittag kommen Mama und Papa mit Piet vorbei. Mama fällt ihrem Vater, auch genannt Opa Peter, um den Hals. »Papa! Danke, dass du so gut auf unsere Mädchen aufgepasst hast!«

Opa Peter zwinkert mir zu. »Die jungen Damen haben erstklassig auf sich selbst aufgepasst. Den lieben langen Flug haben sie komplett ohne den Opa gemeistert!« Opa Peter und Dimitri hatten uns am Abreisetag mittags nach der Fährfahrt zum Festland am Athener Flughafen abgesetzt. Zum Glück war der Rückflug dann reibungsloser verlaufen und mit weniger Schreckmomenten als der Hinweg.

Piet kommt über die Wiese zu den Eseln gewetzt. Er fällt vor ihnen auf die Knie und lässt sich von Tzatziki auf die Hand pusten. »Ey, Hände weg von Bruno«, kichert Piet, als der Esel neugierig die Schnauze nach seinem roten Spielzeugauto reckt.

Schließlich spaziert noch Jannis' Tante Elena in den Garten. Ihr klirrendes Lachen erfüllt sofort die Luft. Elena hat einen großen Korb mit gekochten Köstlichkeiten dabei: Tzatziki, Saganaki, Gemüseauflauf, Weißbrot … all die alten Bekannten – und damit meine ich das Essen, denn die Namensvettern grasen ja auf dem Rasen. Wir vier sind nun seit drei Tagen zu Hause, und schon jetzt habe ich wieder einen riesigen Appetit auf griechisches Essen.

»Luzy, Jannis, Jakob! Meine fleißige Helferlein!«, ruft Elena mit ihrem typischen Akzent. »Wie wundebar, dass ihr seid zurück, viel Arbeit wartet schon in die Lager auf euch. Ich habe euch vermisst!« Dann nimmt sie uns alle nacheinander fest in den Arm, ich sehe Jakob und Jannis Hilfe suchend nach Luft schnappen.

»Hi!« Das ist Adonis' Stimme. Sophia und er kommen Händchen haltend den kleinen Weg hoch. Dann lässt Sophia Adonis' Hand los und stürmt auf Opa Peter zu. Opa Peter umarmt sie fest, er streicht ihr über den Kopf und sagt: »Sophia, du wirst jeden Tag hübscher. Das macht die Verliebtheit, bei Käthe war das damals genauso.«

Später sitzen die Erwachsenen vorne auf der Terrasse und unterhalten sich, ein guter Zeitpunkt für Jakob, Jannis und mich, die Esel nach hinten zu ihrem Gehege an der Schmetterlingswiese zu bringen. Sophia und Adonis sind schon wieder gegangen.

Die Esel werden mit großem Hallo-Gackern begrüßt. Als Jakob sich hinhockt, flattert ihm direkt Huhn Zwei auf den Schoß und lehnt sich zutraulich an ihn. Jannis und ich setzen uns daneben auf die Erde.

»Meine Schwester und Adonis sind ein bisschen wie verheiratet«, murre ich.

»Das stimmt, aber sie sind ja auch schon neunte Klasse!«, sagt Jakob nachdenklich. »Wenn ich so alt bin …« Jakob sieht irgendwie verträumt aus.

»Sag jetzt nicht, du wirst dann auch so ein Knutscher«, sage ich.

»Bitte nicht!«, sagt Jannis.

Jakob sieht fragend von einem zu anderen.

»Luzy und ich haben uns das hoch und heilig versprochen«, erklärt ihm Jannis.

»Verstehe …«, macht Jakob und streichelt gedankenverloren das Huhn weiter. »Okay, ich verspreche es hiermit auch.«

Jannis drückt neben mir ganz leicht meine Hand und zwinkert mir zu, während die Schmetterlinge in meinem Bauch einen Looping schlagen.

Drei Monate später …

Ich ducke mich vor einem Papierknödel, der über mir durch den Klassenraum zischt. Heute ist Freitag und nur noch eine Woche bis zu den Sommerferien.

»Tschüs, Luzy!«, ruft mir meine Sitznachbarin Ella im Gehen zu.

»Tschüs, bis morgen!«, erwidere ich, weil ich nämlich all meine Freundinnen morgen bei Lulus Geburtstagsfeier im Schwimmbad sehen werde. Lulu hat auch Jannis eingeladen, mir aber danach verschwörerisch zugeflüstert: »Nur freundschaftlich. Ich bin jetzt in Max aus der Parallelklasse verliebt.«

»Aha. Glückwunsch. Ähem … sagt man das so?« Ich strecke dazu noch einen Daumen in die Luft, weil ich keine Ahnung habe, wie ich darauf reagieren soll.

Lulu streicht sich eine Strähne ihrer langen, glatten Haare hinters Ohr. »Danke.«

Flo wirft mir einen vielsagenden Blick zu. »Sie hat ihn freigegeben«, flüstert sie. Ich kichere.

»Wollen wir los?« Jannis' Stimme neben mir. Ich spüre, dass Flo mich weiter ansieht.

»Klar.« Ich stoße Flo unauffällig in die Seite und fische meinen Schlüssel hinten aus dem Rucksack, während wir drei nebeneinander zu den Fahrradständern gehen.

»Luzy, ich wollte dir noch etwas zeigen!« Jannis zieht sein Handy aus der Hosentasche, tippt darauf herum und hält es mir unter die Nase. »CAFÈ KÄTHE«, lese ich laut vor. Auf dem Foto sehe ich Nikos und Helena, Arm in Arm, unter dem neu aufgehängten Ladenschild stehen. Die Hauswand ist sonnengelb gestrichen, und im Ladeneingang hängen bunte Girlanden. Jannis klickt auf ein weiteres Foto, und ich sehe die Cousins und die Cousine mit ihren Fahrrädern und Mopeds vor dem Laden posieren. Alle tragen die gleichen dunkelgrünen T-Shirts mit einem eleganten orangen Schriftzug vom *Café Käthe*. »Unser Lieferdienst«, erklärt mir Jannis stolz. »Sie beliefern selbst Kunden, die weit oben in den Bergen wohnen.«

Und dann kommt das Tollste: Ein Foto von unserer Kräuterecke, neben dem neuen Sofa. Ich beuge mich über Jannis' Handy und zoome das Bild heran. Helena hat also, genau wie in unserem Plan, Kräuter getrocknet, die sie nun als Tee verkauft! Frisch oder in Tüten verpackt. Hier steht sie stolz mit einem kleinen grünen Büschel in der Hand. Ich ziehe das Bild noch ein Stück größer. »Eisenkraut?«, frage ich Jannis fachmännisch.

Er nickt. »Und weißt du was, Luzy?«

»Na, was?«

»Helena hat Fördergelder beantragt. Sie hat ein Konzept geschrieben, wie man unser Dorf umweltfreundlicher machen kann. Nun sollen Solarzellen auf das Ladendach kommen, und man prüft gerade, was man noch alles machen kann, um den Ort irgendwann CO_2-neutral zu bekommen. Unser Dörfchen könnte so eine Art Vorzeigeprojekt werden.«

Ich grinse. »Na endlich!«

Jannis sieht mich verwundert an, und ich erkläre: »Ich hatte Helena nach unserem Präsentationsabend von dem Projekt aus dem Geo-Unterricht erzählt. Helena fand die Idee großartig, einen Antrag dafür zu stellen, aber ich wusste nicht, dass sie das wirklich gemacht hat.« Jetzt ernte ich von Jannis einen bewundernden Blick, und ich mache einen Freudensprung. »*Café Käthe* ist geboren! *Unsere* Idee! Unsere Idee!«, rufe ich. Ich nehme Jannis' Hand und drehe ihn schnell dreimal im Kreis. Wenn ich in diesem Moment auch nur halb so doll strahle wie Jannis, käme das einer griechischen Sonne am Mittag schon sehr nahe. Ich sehe, wie Flo sich über ihr Fahrradschloss beugt und in sich hineingrinst.

Jannis und ich schließen unsere Räder auf und fahren los, aus dem Schultor heraus, den Berg hinauf.

Und dann sehen wir die beiden. Genau im selben Moment.

»Mama! Papa!«, ruft Jannis. Er wirft sein Rad in die Hecke

am Wegesrand und stürmt auf seine Eltern zu. Erst nimmt ihn Alex in den Arm, dann Aris, dann bleiben sie in einer festen Gruppenumarmung stehen.

So was nennt man dann wohl *Happy End*, denke ich und fühle, wie es in mir drin ganz warm wird vor Glück. Natürlich denke ich auch an den Glücksstein. Gerade will ich losfahren, da höre ich Jannis: »Luzy! Kommst du heute Abend zum Essen zu uns? Mein Vater kocht!«

»Klar!«, rufe ich zurück. Ich winke Jannis' Eltern so begeistert zu, dass ich fast vom Rad kippe. Da sehe ich Adonis den Fußweg hochrennen. »Papa! Mama!«

Adonis mischt sich in die Gruppenumarmung. Jetzt sind sie endlich wieder als Familie zusammen.

Danke – der Zucker im Tee

Danke an meine Familie. Wie immer: Nur mit euch ist all das möglich: Entwerfen der Story, Kreieren der Figuren, Diskutieren, Herumschrauben, Dialoge schärfen und viel Lachen – ein erprobtes Team. Meine Eltern waren, wie immer, die ersten echten Testleser, Danke euch!

Herzlichen Dank auch an die Nordsee, die mir Inspiration und Ideen zugepustet hat, wenn ich dort allein denken und schreiben durfte, bei Läufen am Deich und beim Spazieren am Strand.

Und dann danke ich natürlich jeder griechischen Insel, die ich besuchen durfte, aus denen zusammengenommen dann Jannis' Heimatinsel entstanden ist.

Marion Hertle, wie schön, dass wir beide zum ersten Mal mit Luzy, Tzatziki und den anderen zusammenarbeiten durften.

Danke an Neele, für dein Vertrauen, immer wieder. Danke

dem gesamten wunderbaren Woow Books Verlag, der nun seit vielen Jahren meine Buch-Heimat ist.

Rike, bitte immer weiter so liebevolle Figuren, stimmungsvolle Vignetten und einzigartige Cover entwerfen. Es ist immer wieder eine Freude, meine erdachten Charaktere mit deinem Strich auf dem Papier wiederzufinden.

Efcharistó, Nikos, dass du meinen Figuren ein paar Worte Griechisch in den Mund gelegt hast.

Rezept für Ya-yas blubbernden Eistee

Zutaten:

- 1 Liter Wasser
- 4 Beutel schwarzer Tee
- 4 Zitronen
- Zucker (Ya-ya würde sicher weißen Zucker nehmen; wenn es aber etwas gesünder sein soll, könnt ihr auch mit Rohrohrzucker, Honig oder Agavendicksaft süßen), nach Bedarf
- 2 Liter Wasser oder Eiswürfel in derselben Menge
- 8 Zweige Zitronenmelisse, nach Belieben

Und so machst du es:

1 l Wasser aufkochen und den schwarzen Tee, zusammen mit der Zitronenmelisse, aufbrühen, Teebeutel nach 3 Minuten entnehmen und die Zitronenmelisse nach 10 Minuten. Abkühlen lassen.

Die Zitronen auspressen und den Saft hinzufügen, dann nach Geschmack süßen und mit 1 l Wasser oder den Eiswürfeln aufgießen. Kalt stellen.

Yannis' Familienrezept für Tzatziki mit Brot

Zutaten:

- 1 Zitrone
- 3 Knoblauchzehen (nach Geschmack!)
- 1 Salatgurke
- 400 Gramm Quark
- 400 Gramm griechischer Joghurt (10 % Fett)
- Salz und Pfeffer
- 3 Esslöffel gutes Olivenöl
- Weißbrot

Und so machst du es:

Quark und Frischkäse in einer Schüssel vermischen. Salatgurke schälen und dazu reiben (sehr fein). Knoblauchzehen hineinpressen und mit Salz und Pfeffer abschmecken.

Am Ende mit Zitronensaft und Olivenöl verfeinern.

Weltbestes Saganaki

Zutaten:

- 4 Portionen griechischer Schafskäse
- 2 Eier
- Etwas Paniermehl
- 2 Zitronen
- 2 Zwiebeln
- Paprikapulver
- Ein paar Esslöffel Bratöl

Und so machst du es:

Nimm den Schafskäse aus der Packung (du kannst natürlich auch frischen Schafskäse verwenden) und wasche ihn mit Wasser ab. Danach verquirlst du das Ei auf einem Teller, auf einen anderen Teller streust du Paniermehl. Wende den Schafskäse erst im Ei, dann im Paniermehl.

Jetzt lässt du dir lieber von einem Erwachsenen oder älteren Geschwisterkind helfen: Du erhitzt das Bratöl in einer Pfanne und gibst den Käse hinein. Er sollte von beiden Seiten knusprig werden.

Nach dem Backen lässt du das Saganaki auf einem Küchenkrepp abtropfen und gibst es dann auf einen Teller. Kurz abkühlen lassen und mit Zwiebelscheiben und ein bis zwei Zitronenscheiben servieren.

Kristina Kreuzer, geboren 1975, machte ihre Ausbildung beim S. Fischer Verlag und arbeitete anschließend in anderen Verlagen. Sie studierte Literatur in Amsterdam und in den USA. Heute beschäftigt sie sich mit großer Leidenschaft mit Wörtern: als Autorin, Übersetzerin, Herausgeberin und begeisterte Vorleserin in Schulen. Kristina wohnt mit ihrer Familie in Hamburg, aber wenn sie kann, trinkt sie wahnsinnig gerne blubbernden Eistee auf griechischen Inseln.

Folgt Kristina auf Instagram unter @kristinakreuzerwoerter oder besucht ihre Webseite: www.kristinakreuzer.de.

Friederike Ablang wurde 1977 in Ostberlin geboren, verlor ein Stück Herz am Ostseestrand und träumte von einem Biologie-Studium, um die Welt zu retten. Doch dann kam alles ganz anders, und sie studierte in Großbritannien und Deutschland Fotografie und Gestaltung. 2004 machte sie ihr Diplom und arbeitet seitdem als freie Illustratorin für viele verschiedene Verlage. Friederike lebt mit ihrer Familie, einer Katze und vielen Wollmäusen in Berlin. Sie zeichnet immerzu: um Geld zu verdienen, um sich zu erinnern, um sich zu erleichtern, um glücklich zu sein – und um hoffentlich die Welt zu retten.

Auch Friederike könnt ihr auf Instagram finden unter @friederikeablang oder auf ihrer Webseite stöbern: www.friederikeablang.com.

Ein aufregendes Abenteuer voller Wärme und Witz

Kristina Kreuzer
Ein Sommer wie sprudelnde Limonade
Mit Schwarz-Weiß-Illustrationen von Friederike Ablang
Gebunden | 176 Seiten
€ 15,- [D] | € 15,50 [A]
ISBN 978-3-96177-026-7

Eins ist Luzy sonnenklar: Wenn sie nach den Sommerferien in die fünfte Klasse kommt, wird sie ganz sicher nicht mehr die Stille sein, sondern allen zeigen, wie sie wirklich ist: lustig, schlagfertig und einfallsreich! Als ihr am ersten Ferientag Jannis mit seinem Esel Tzatziki über den Weg läuft, ist das der Beginn eines großen Abenteuers. Denn Jannis und seine griechische Familie sind neu in Deutschland und suchen dringend ein Zuhause für den Esel. Aber weil das in der Stadt eine knifflige Angelegenheit ist, hängt plötzlich alles von Luzy ab, und sie muss beweisen, was in ihr steckt.

Eine Geschichte voller Schneegestöber und Schokoladenduft

Kristina Kreuzer
Ein Winter wie dampfender Kakao
Mit Schwarz-Weiß-Illustrationen von Friederike Ablang
Gebunden | 192 Seiten
€ 15,- [D] | € 15,50 [A]
ISBN 978-3-96177-110-3

Wie lustig das Leben doch sein kann, wenn man zwei beste Freunde hat und dazu noch einen Opa, bei dem nicht nur ein Esel, sondern auch fünf Hühner im Garten leben! Aber dann will der Esel Tzatziki nichts mehr fressen, und niemand weiß, was ihm fehlt. Und als Jannis plötzlich nicht mehr zur Schule kommt und Jakob kaum noch Zeit hat, steht Luzys Welt endgültig auf dem Kopf. Was geht hier nur vor sich? Und warum schmecken Luzy die Waffelherzen, eigentlich doppelt so gut, wenn sie sie mit Jannis teilt?